Des jumeaux pour un milliardaire

LYNNE GRAHAM

Des jumeaux
pour un milliardaire

Traduction française de
MARGUERITE GUILLEMET

Collection : Azur

Titre original :
CHRISTMAS BABIES FOR THE ITALIAN

© 2020, Lynne Graham.
© 2021, HarperCollins France pour la traduction française.

Ce livre est publié avec l'autorisation de HARLEQUIN BOOKS S.A.

Tous droits réservés, y compris le droit de reproduction de tout ou partie de l'ouvrage, sous quelque forme que ce soit.
Toute représentation ou reproduction, par quelque procédé que ce soit, constituerait une contrefaçon sanctionnée par les articles 425 et suivants du Code pénal.

Si vous achetez ce livre privé de tout ou partie de sa couverture, nous vous signalons qu'il est en vente irrégulière. Il est considéré comme « invendu » et l'éditeur comme l'auteur n'ont reçu aucun paiement pour ce livre « détérioré ».

Cette œuvre est une œuvre de fiction. Les noms propres, les personnages, les lieux, les intrigues, sont soit le fruit de l'imagination de l'auteur, soit utilisés dans le cadre d'une œuvre de fiction. Toute ressemblance avec des personnes réelles, vivantes ou décédées, des entreprises, des événements ou des lieux, serait une pure coïncidence.

Le visuel de couverture est reproduit avec l'autorisation de :
HARLEQUIN BOOKS S.A.

Tous droits réservés.

HARPERCOLLINS FRANCE
83-85, boulevard Vincent-Auriol, 75646 PARIS CEDEX 13
Service Lectrices — Tél. : 01 45 82 47 47 - www.harlequin.fr
ISBN 978-2-2804-5457-5 — ISSN 0993-4448

Composé et édité par HarperCollins France.
Imprimé en novembre 2021 par CPI Black Print (Barcelone)
en utilisant 100% d'électricité renouvelable.
Dépôt légal : décembre 2021.

Pour limiter l'empreinte environnementale de ses livres, HarperCollins France s'engage à n'utiliser que du papier fabriqué à partir de bois provenant de forêts gérées durablement et de manière responsable.

1.

Sevastiano s'apprêtait à s'engager dans un corps à corps orgiaque avec une superbe mannequin quand la sonnerie de son téléphone retentit. Il aurait dû l'ignorer, mais c'était la mélodie que sa sœur avait programmée pour elle-même. Annabel ne l'aurait jamais appelé si tard sans une très bonne raison.

— Désolé. Il faut que je décroche.

La beauté blonde se redressa sur le coude, le visage froissé de vexation.

— Tu plaisantes ?

D'un autre côté, il fallait bien faire bonne figure : alpaguer un techno-milliardaire ne lui arrivait pas tous les jours, et elle pouvait bien supporter un peu d'impolitesse. Elle lui décocha un sourire forcé et prit son mal en patience. La compétition pour les attentions de Sevastiano Cantarelli était rude. Il était non seulement plein aux as, mais gâté par la nature : un mètre quatre-vingt-quinze, des épaules larges et une silhouette puissante, souple et élancée, soulignée par d'exquis costumes italiens taillés sur mesure. La peau olivâtre, les cheveux noirs, il avait des yeux sublimes, sombres et brillants comme du bronze liquide dans la lumière tamisée.

— Annabel ? dit-il, le téléphone à l'oreille.

Sev fronça les sourcils. Les sanglots de sa petite sœur ne facilitaient pas la communication. Il finit par comprendre dans les grandes lignes : une crise familiale, qui s'était soldée par une éviction en bonne et due forme. Elle devait quitter l'appartement qui appartenait encore à ses parents et laisser sa voiture. Pouvait-elle emménager chez lui ?

Sevastiano étouffa un grognement. Quelle question ! Évidemment. Annabel était la seule personne qu'il aimait réellement, de ce côté de la Manche. Il chérissait toujours le souvenir de la petite fille timide qui venait glisser sa main dans la sienne quand leur mère l'appelait son « erreur de parcours » ou que son beau-père l'insultait de tous les noms.

— Je suis navré, il faut que je parte, lança Sevastiano à la belle blonde. Urgence familiale.

Silence. Elle prit le temps d'inspirer profondément avant de répondre :

— Je comprends…

Elle se glissa hors du lit et enfila un peignoir de soie. Elle était magnifique, mais il en fallait plus pour conserver son intérêt mercurial au-delà de quelques semaines. Cependant, la courtoisie lui était aussi innée que l'amour qu'il portait à sa demi-sœur. Avant de s'éclipser, il proposa donc :

— Dîner, demain soir ?

Dans la limousine, sur le chemin du retour, son esprit revint à Annabel. Qu'avait-elle donc bien pu faire pour provoquer ainsi la colère de ses parents ? Elle ne se disputait jamais avec personne. Lui-même avait quitté la famille Aiken et leur cercle social très jeune, et il n'avait manqué à personne. De sa naissance à l'âge adulte, il avait toujours été la preuve vivante que sa mère avait donné naissance à l'enfant d'un autre. On l'avait laissé de côté. Il n'était qu'un intrus, un changelin aux cheveux noirs dans un monde de têtes blondes. Et un garçon talentueux, alors que tous ses détracteurs auraient voulu le voir sombrer dans la médiocrité. Mais rien de cela ne lui importait plus depuis longtemps : après tout, il n'aimait pas non plus sa mère, si snobinarde et si mesquine, et encore moins son beau-père, Sir Charles Aiken, un homme tyrannique et avide de pouvoir. Il avait encore moins en commun avec son demi-frère, Devon, l'héritier au titre de baronnet des Aiken, un homme pompeux au mode de vie paresseux et extravagant. Il n'appréciait qu'Annabel.

Et Annabel avait toujours fui le conflit comme la peste. Elle suivait les règles à la lettre. Elle avait une patience d'ange. Elle n'avait défié les attentes de sa famille qu'une fois, lorsqu'elle avait insisté pour étudier la restauration d'œuvres d'art. Sa mère avait toujours voulu une fille qu'elle pourrait transformer en parfaite mondaine, mais avait dû composer avec une jeune femme érudite et timide, décidée à faire carrière dans la culture.

Sevastiano fronça les sourcils. Il avait passé les derniers mois en Asie et n'avait pas vu sa sœur autant qu'il l'aurait souhaité. Il lui manquait de toute évidence des informations essentielles…

Sur le perron de son élégante maison géorgienne, Annabel se jeta dans ses bras en pleurant puis le suivit à l'intérieur pour lui expliquer la situation. Et, en recollant les pièces du puzzle à travers les hoquets paniqués de sa sœur, Sevastiano comprit qu'il ne lui manquait pas seulement des informations essentielles : il avait raté un véritable cataclysme familial, dont les retombées étaient bien plus sérieuses qu'il ne l'avait d'abord imaginé.

Annabel était tombée follement amoureuse d'un homme beaucoup plus vieux qu'elle. Elle avait entretenu une liaison avec lui. Pire encore, elle avait rencontré l'homme en question à une de ses propres soirées : il s'agissait d'Oliver Lawson, pas vraiment un ami, mais un de ses associés. Il pinça les lèvres.

— Annabel, il est…

— Marié, je sais, coupa Annabel en baissant la tête, trop honteuse pour soutenir son regard.

Elle était grande, fine et blonde, et à cet instant, ses grands yeux bleus étaient rouges et son visage très pâle.

— Je sais, mais il est trop tard. Quand nous nous sommes rencontrés, il m'a dit que sa femme et lui étaient en instance de divorce et je l'ai cru. Et pourquoi pas ? Sa femme vit dans leur maison de campagne et ne vient jamais à Londres. Il n'y

7

avait pas un signe d'elle dans son appartement. Oh ! Sev…
J'ai avalé tous ses mensonges stupides…

— Oliver est le P-DG de Telford Industries, mais c'est
sa femme la propriétaire. Je ne crois pas qu'il n'ait jamais
eu l'intention de la quitter. Et il a au moins le double de ton
âge ! s'exclama Sevastiano, consterné. Il a tiré avantage de
toi, Annabel. Il a profité de ta confiance.

— L'âge, c'est dans la tête, marmonna Annabel. Mais je
me sens si sale. Je n'aurais jamais accepté d'avoir une relation avec lui si j'avais su qu'il vivait encore avec sa femme.
Je ne veux pas… Je respecte la fidélité et la loyauté. Et je
l'aimais vraiment, Sev, mais j'ai compris, maintenant. J'ai
été complètement idiote et naïve. Il n'était pas celui que je
croyais. J'ai cru à toutes ses promesses. Quand je lui ai dit
que j'étais enceinte, il a essayé de me convaincre d'avorter.
Il m'appelait sans arrêt, puis il a fini par venir chez moi.
Nous nous sommes disputés, il hurlait qu'il ne voulait pas
de cet enfant…

— Tu es enceinte…, murmura Sev.

Il prenait soin de dissimuler sa fureur, avec beaucoup
d'effort. À l'idée qu'un homme puisse avoir harcelé sa sœur
pour qu'elle avorte, et particulièrement un homme qui avait
profité de sa jeunesse, lui avait menti, l'avait entraînée à son
insu dans une relation inappropriée… Il en bouillait de rage.
À vingt-trois ans, Annabel était encore très naïve. Elle cherchait des excuses à ceux qui tiraient profit de sa générosité.
Bien sûr qu'elle n'aurait jamais dû prêter attention à Lawson
alors qu'il était encore marié, mais elle n'avait pas beaucoup
d'expérience, à part un premier amour sans complication à
l'université.

Peut-être aurait-elle été plus méfiante si elle avait regardé
sa réalité familiale en face. Sa mère et son père n'étaient
plus fidèles depuis longtemps, même s'ils prenaient soin de
rester discrets. Son frère était marié et père, mais avait eu,
plus jeune, une longue aventure avec une femme mariée. En
grandissant, Sev avait été témoin de tant de tromperies qu'il

n'avait aucune intention de s'essayer au mariage. À quoi bon ? Célibataire, il était libre et n'était responsable de personne d'autre. Il aimait sa vie, sans obligations familiales, sans promesses impossibles et les complications qu'elles entraînaient toujours. Son père biologique et Annabel étaient les seules exceptions à la règle. Mais il n'aurait jamais au grand jamais traité quelqu'un comme Oliver Lawson avait traité sa sœur. Et quel homme d'âge mûr, avec une vie sexuelle active, ne savait pas comment éviter une grossesse imprévue ? Sev n'avait jamais fait preuve d'une telle négligence, pas une seule seconde – et il en était fier.

Mais si grossesse il y avait, alors c'était la responsabilité du père que de se comporter comme un adulte intelligent et de soutenir le choix de la principale intéressée.

— Bref, j'ai pris mon courage à deux mains et je suis rentrée à la maison pour parler du bébé à Papa et Maman. Ils ont très, très mal réagi, continua Annabel en enfouissant son visage épuisé dans ses mains. Je savais qu'ils seraient en colère, mais ils veulent que j'avorte aussi, et quand j'ai refusé, ils m'ont dit de quitter l'appartement et de rendre ma voiture. Et ce n'est… Ce n'est pas grave, je comprends. Si je ne vis pas comme ils l'entendent, c'est normal qu'ils ne veuillent plus m'aider financièrement.

— Ils essayent de t'obliger à obéir, eux aussi, siffla Sev. Personne n'a le droit de prendre cette décision à ta place, Annabel. Tu veux ce bébé ?

— Oui, oui, absolument, dit-elle en hochant la tête, déterminée. Je ne veux plus d'Oliver, plus depuis que j'ai découvert ses mensonges. Mais je veux mon bébé.

— Avoir un bébé toute seule va bouleverser ta vie. Mais tu peux compter sur moi. Je vais commencer par te trouver un nouvel appartement.

— Je ne veux dépendre de personne, Sev.

— Tu auras le temps de trouver ton indépendance quand tu auras repris pied, la rassura Sevastiano. Tu as l'air épuisée, Annabel. Tu devrais aller te coucher.

Elle l'enlaça doucement et le serra contre elle.

— Je savais que je pouvais te faire confiance. Tu te fiches des ragots et des réputations, et toutes ces normes stupides. Maman dit que je suis ruinée et qu'aucun homme ne voudra plus jamais de moi.

— Un peu hypocrite, venant d'une femme qui a accouché de l'enfant d'un autre en étant mariée à ton père, railla Sev.

— Oh ! ne laisse pas mes problèmes te ramener en arrière. C'est complètement différent.

Et elle avait raison, bien sûr. Sa mère, Francesca, avait été sur le point d'épouser le père de Sevastiano, Hallas Sarantos, quand elle avait rencontré Sir Charles Aiken pendant un voyage à Londres. Si l'on écoutait Annabel, la belle héritière italienne et l'aristocrate britannique étaient tombés fous amoureux, même si Francesca venait d'apprendre qu'elle était enceinte de son fiancé, Hallas. Dans la version de Sevastiano, en revanche, Francesca était plutôt tombée amoureuse du *titre* de Sir Charles, et lui de son énorme fortune. Deux personnalités ambitieuses et superficielles s'étaient unies pour créer une puissante alliance sociale. Rien de plus. Rien de moins. Et Sevastiano aurait depuis longtemps pardonné leurs choix s'ils ne lui avaient pas refusé le droit de connaître son père biologique, qui s'était battu sans relâche pour lier le contact avec son fils. Mais non : Hallas Sarantos avait été tenu à distance au nom des apparences.

Leur réaction face à la grossesse d'Annabel était tout aussi ignoble. Et Oliver Lawson payerait pour ce qu'il avait fait subir à sa sœur, Sevastiano s'en assurerait. Dès qu'Annabel eut disparu dans sa chambre, il se mit à la recherche d'un détective privé. Tout le monde avait des secrets, et il avait bien l'intention d'utiliser ceux de Lawson contre lui. Ce dernier ne savait sûrement pas qu'Annabel était sa sœur, puisque sa famille ne reconnaissait jamais leur connexion, mais il avait fait une grave erreur stratégique quand il avait jeté son dévolu sur elle. Un imbécile aussi peu scrupuleux devait bien avoir d'autres cadavres dans ses placards.

Annabel avait été la seule lumière de sa misérable enfance. Il l'aimait profondément. Tant qu'il était en vie, ni elle ni son enfant n'auraient rien à craindre. Mais d'abord… il avait une revanche à prendre.

Dans la partie boutique du refuge caritatif et cabinet vétérinaire où elle travaillait, Amy réorganisait l'étagère des accessoires de Noël en fredonnant. La vitrine la faisait toujours sourire ; elle adorait la fin d'année, les feuilles d'automne craquelant sous ses pieds, le vent froid annonciateur de l'hiver, les guirlandes lumineuses qui clignotaient dans les magasins du centre londonien. Elle accueillait toujours Noël avec une joie enfantine, peut-être parce qu'elle n'avait jamais pu profiter de l'occasion quand elle était petite. Pas de carte, pas de cadeaux, pas de repas familiaux, et même pas d'émissions festives à la télé. Sa mère détestait Noël et refusait absolument de le célébrer. C'était à Noël que l'amour de sa vie les avait quittées, elle et sa fille, et Lorraine Taylor ne s'était jamais remise de cette désillusion. Elle avait toujours refusé de dire à Amy qui était son père. Quand elle avait insisté pour le savoir, à treize ans, la conversation s'était soldée par une dispute terrible qui avait porté le coup de grâce à leur relation.

— Il ne voulait pas de toi ! Il ne voulait pas te connaître ! avait hurlé Lorraine. Il voulait que je me débarrasse de toi et quand j'ai refusé, il m'a quittée. Tout est ta faute. Si tu n'étais pas née, il ne m'aurait jamais laissée… Et si tu avais été un garçon, il aurait peut-être été plus intéressé ! Mais non, tu as fait de moi un fardeau dont il ne voulait plus !

Après cette confrontation, leurs interactions déjà tendues n'avaient fait qu'empirer. Amy avait commencé à traîner avec un groupe peu recommandable à l'école. Elle avait arrêté d'étudier, enchaîné les mensonges, les problèmes et les absences, puis raté ses examens. Ce n'était qu'une rébellion puérile, et elle n'avait jamais commis de vrais délits,

mais quand l'école avait prévenu sa mère, Lorraine avait
été si furieuse qu'elle avait tout simplement baissé les bras.
Elle avait laissé Amy en foyer. Amy était restée en famille
d'accueil jusqu'à ce qu'une voisine dont elle avait toujours
été proche ne lui propose, si elle était prête à reprendre sa
vie en main, de vivre avec elle.

Amy avait eu besoin de plusieurs années pour se remettre
de cette période. Elle n'était jamais retournée vivre avec sa
mère. Lorraine Taylor était morte quand Amy avait dix-huit
ans. Après son décès, Amy avait découvert que le père qui les
avait abandonnées les avait soutenues financièrement depuis
le début. Non pas qu'elles aient roulé sur l'or ; mais, si sa
mère avait été pingre avec elle, elle s'était toujours offert des
vacances solitaires une fois par an, n'avait jamais travaillé
et avait entretenu une garde-robe de très belle qualité. Amy
avait découvert avec stupéfaction tout l'argent qu'on avait
versé à sa mère et dont elle n'avait jamais vu la couleur. Les
versements s'arrêtèrent avec la mort de Lorraine. L'avocat
avait réitéré à Amy que son père voulait rester anonyme et
ne désirait aucun contact avec sa fille.

Aimee. C'est comme cela que sa mère l'avait appelée.
L'idée l'amusait toujours un peu. En réalité, aucun de ses
deux parents ne l'avait aimée. Peut-être que Lorraine avait
trouvé le nom romantique ; peut-être espérait-elle encore, à
l'époque, que son père lui reviendrait.

Mais Amy n'était pas du genre à se morfondre. Cordy,
la voisine qui l'avait recueillie et avait pansé ses plaies,
lui avait appris à dépasser ses infortunes et ses erreurs, et
à travailler dur pour son avenir. Dès son plus jeune âge,
Amy avait adoré passer du temps dans le refuge animalier
qui jouxtait l'appartement où elle vivait avec sa mère. Elle
était vite devenue une habituée des lieux et une amie des
résidents. Cordelia Anderson était chirurgienne vétérinaire
et avait monté l'association de ses mains. Célibataire et très
directe, elle avait consacré sa vie aux animaux blessés et
à ceux qui n'avaient pas de foyer. Elle avait tendu la main

à Amy quand elle était au plus bas et l'avait persuadée de rattraper son retard à l'école. Elle avait même tenté de réparer sa relation avec sa mère, mais Lorraine n'avait pas caché qu'elle se satisfaisait d'être débarrassée d'elle. Cordy était morte l'année précédente, et sa perte avait dévasté Amy. Elle était restée à la clinique et avait continué sa formation en tant qu'apprentie sous les ordres de Harold, le partenaire chirurgien de Cordy, en espérant qu'elle puisse obtenir son diplôme avant qu'il prenne sa retraite. Comme la maison de Cordy avait été vendue, et les bénéfices reversés à son neveu, Amy avait emménagé dans le débarras au-dessus du refuge et utilisait la douche, ainsi que les équipements de la clinique. De cette façon, elle pouvait aussi servir de gardienne de nuit pour les animaux.

Mais joindre les deux bouts devenait de plus en plus difficile, avec son salaire de stagiaire. Pour arrondir les fins de mois, elle avait commencé à travailler comme serveuse dans un café tout proche quand on n'avait pas besoin d'elle à la clinique. Le café, décoré comme un *diner* américain des années 1950, était situé près de plusieurs immeubles de bureaux. Quand elle arriva pour son service, cependant, la clientèle était éparse.

— Avec la pluie, ils sont tous rentrés chez eux, annonça la propriétaire en la voyant entrer. Si le mauvais temps continue, toi ou Gemma pourrez rentrer chez vous, je n'ai pas besoin de deux serveuses aujourd'hui.

Amy retint une grimace et hocha la tête. Gemma était mère célibataire et avait autant besoin d'argent qu'elle. Les jours de congé spontanés ne payaient pas les factures ou le transport. C'était l'inconvénient du travail temporaire : ni salaire régulier ni horaire stable. Mais enfin ! Ce ne serait pas la première fois qu'elle finirait la semaine en mangeant des ramens à dix centimes.

— Gemma n'arrivera qu'à midi, peut-être qu'il y aura plus de monde d'ici là, la rassura Denise.

La porte s'ouvrit à cet instant précis, et un homme entra

dans le café ; il partit s'asseoir dans un coin. Amy lui jeta un coup d'œil machinal, mais accusa le coup. Elle n'avait pas pour habitude de dévorer des inconnus du regard… Mais l'inconnu était si beau, si *incroyablement* beau qu'elle marqua un temps d'arrêt. Il était très grand, avec des épaules larges, et un imperméable pâle sur un costume élégant. Elle s'attarda sur lui, en quête d'un défaut – un nez trop large, une mâchoire tombante…

Personne n'était aussi parfait dans la vraie vie.

Mais lui, si. Il avait le nez droit, les pommettes hautes et aiguisées. Une barbe naissante ombrait ses joues et soulignait sa mâchoire aiguë et sa bouche sensuelle. Ses yeux étaient aussi sombres et dorés que de l'or en fusion, et ses cheveux, si noirs qu'ils en semblaient bleutés, portés un peu trop longs pour les codes des hautes sphères, encadraient ses traits ténébreux.

Brusquement, il accrocha son regard. D'une main hâlée, il lui fit signe d'approcher. Elle ?

Évidemment. Évidemment qu'il voulait qu'elle approche ! C'était son *travail*. Les joues brûlantes d'embarras, elle s'élança en avant. Soudain, elle était horriblement *consciente*, consciente de son corps, de sa chair, du frisson électrique qui courait sur sa nuque, consciente aussi de son ridicule uniforme à frou-frou.

— Vous avez choisi ?

— Un café noir, s'il vous plaît.

Il avait une voix profonde sous laquelle ondulait un accent léger, fluide comme de l'encre noire.

— Un dessert avec ça ?

— Je crois que j'ai tout ce qu'il me faut ici, répondit-il sans la lâcher du regard.

Le visage en feu, Amy referma sa main tremblante sur le menu. Il sembla changer d'avis à la dernière seconde.

— *Sí*, prenons un dessert. Choisissez pour moi.

Elle le quitta sur un hochement de tête. Venait-il de flirter

14

avec elle ? Non. Elle se faisait des idées. Denise s'occupa du café et la regarda choisir un morceau de gâteau dans la vitrine.

— Comment les jeunes appellent ça, aujourd'hui ? s'amusa sa patronne. Insta-love ?

— Pardon ?

— Je ne sais pas, tu le regardes comme la huitième merveille du monde et il ne t'a lâchée des yeux depuis qu'il est entré. Vas-y, va roucouler avec lui. Ça me distraira.

— Je ne roucoule pas avec les clients.

— Hé, j'ai presque cinquante ans et je roucoulerais avec lui sans hésiter, s'il m'envoyait un quart des signaux qu'il t'envoie à ce moment précis, fit Denise en riant.

Sevastiano observait la fille d'Oliver Lawson avec attention. Elle ne correspondait pas du tout à l'image qu'il s'était faite d'elle en lisant l'exposé de ses frasques adolescentes et de son passif en famille d'accueil. Il s'était attendu à quelqu'un d'abrasif, mais elle avait l'air si innocente qu'une pointe d'inquiétude lui pinça l'estomac.

Peu importait. C'était sûrement une façade. Il avait un plan, un plan très simple, et Amy Taylor en était la pièce maîtresse.

Cependant, il n'avait pas compté sur l'éclair de désir qui l'avait traversé dès qu'il avait posé les yeux sur elle. « Amy », disait son badge. Elle était petite, pulpeuse, avec des cheveux dorés et soyeux retenus dans une longue queue-de-cheval. Des petites mèches folles entouraient son visage en forme de cœur et des yeux extraordinaires. Il n'avait jamais vu cette nuance nulle part – un bleu-violet magique, couleur de myosotis, encore souligné par sa peau de porcelaine. Il n'y avait pas de photo d'Aimee Taylor dans le dossier, et il n'aurait jamais imaginé qu'elle puisse être une beauté. Et c'était… une bonne chose, après tout. Ce serait plus facile, comme cela. Il n'aurait pas besoin de simuler son intérêt pour elle.

Pendant une seconde, sa conscience se rappela à son bon souvenir. Il s'apprêtait à tourner la tête d'une fille ordinaire.

Dans d'autres circonstances, il n'aurait jamais envisagé une chose pareille. Le monde le décrivait peut-être comme un coureur, mais il n'entrait dans la course qu'avec des femmes parfaitement conscientes de ce qui les attendait derrière la ligne d'arrivée. Il secoua la tête, agacé par sa propre faiblesse. De quoi s'inquiétait-il ? Il allait sauver Amy de son monde fade pendant quelques semaines. Elle y trouverait du plaisir, elle aussi. Le luxe et les paillettes faisaient toujours rêver ses compagnes. Une jeune femme de vingt-trois ans n'en attendait pas plus d'un homme. Il ne comptait pas avoir une liaison avec elle – non, il n'était pas si cruel, et il ne pousserait pas le mensonge jusque-là. Il se contenterait de l'utiliser comme une arme contre son père.

— Puis-je vous offrir un café ? s'enquit l'inconnu quand elle revint avec sa commande.

Du comptoir, Denise hocha la tête avec excitation. Amy se sentit rougir. Impossible de prendre la fuite maintenant.

Elle n'avait pas l'habitude des jeux de séduction. Même à l'adolescence, le flirt avait toujours été un vrai calvaire. Elle n'aimait pas être attrapée ou tripotée par des hommes presque inconnus, et elle avait vite compris qu'une poitrine et un fessier généreux, combinés à sa petite taille, attiraient des attentions et des comportements indésirables. La plupart des hommes s'attendaient à ce qu'elle se déshabille le premier soir. Après deux ou trois expériences éprouvantes avec des brutes qui prenaient le consentement à la légère, elle avait arrêté de croire qu'elle trouverait un jour l'homme de sa vie, un amant et un meilleur ami à la fois. D'habitude, elle se contentait d'ignorer les signes d'intérêt. C'était plus simple comme cela. Elle était très heureuse sans petit ami, de toute façon ; et ces jours-ci, elle n'avait littéralement pas le temps de cultiver des relations.

Le regard sombre de l'inconnu était toujours fixé sur elle lorsqu'elle se glissa en face de lui.

— Je ne fais pas ça d'habitude, murmura-t-elle, gênée. M'asseoir avec les clients, je veux dire.

Dio mio, elle était bel et bien timide, songea Sev, estomaqué. Il lui sourit avec plus de chaleur, décidé à gagner sa confiance.

— Parlez-moi de vous.

Sous l'attention de ses magnifiques yeux couleur de bronze, ourlés de longs cils sombres, Amy se sentit fondre. Elle déglutit difficilement, la bouche sèche. Denise déposa son café préféré sur la table et s'éclipsa aussitôt, non sans lui jeter un petit sourire taquin.

— J'aime mieux les animaux que les humains, s'entendit-elle répondre.

Elle grimaça intérieurement.

Quelle brillante introduction…

— Moi aussi. Quels animaux en particulier ? J'aime les chevaux, personnellement.

Sous l'intensité de son regard, elle peinait à ne pas ciller.

— Je préfère les chiens et les chats. Je suis en apprentissage pour devenir infirmière vétérinaire. Je travaille dans un refuge animalier et ici en tant que serveuse, donc je n'ai pas vraiment le temps pour d'autres hobbys. Comment vous appelez-vous ?

— Sev. C'est le diminutif de Sevastiano. Je suis à moitié italien.

Comment pouvait-il l'aider à se détendre ? Il était habitué à ce que les femmes tentent de le séduire dès son premier sourire. Il se sentait en terrain inconnu, face à Amy. Il avait essayé de la complimenter tout à l'heure, mais elle avait immédiatement pris la poudre d'escampette. Était-elle intimidée par son intérêt ?

— Ah, je pensais bien avoir entendu un tout petit accent, mais pas…

— Oui ?

— Hum, pas très distinct, s'empressa-t-elle de le rassurer.

— Je ne vais pas mal le prendre, n'ayez pas peur, dit-il

avec un sourire. Alors, dites-moi. Vous travaillez dans un refuge. C'est intéressant. Je cherche un chien.

Le joli visage d'Amy s'éclaira comme s'il lui avait annoncé qu'il pouvait marcher sur l'eau. Ses yeux violets étincelèrent, et, pour la première fois, elle releva le menton et le regarda droit dans les yeux, sa timidité éclipsée par son enthousiasme.

— Quelle coïncidence ! s'exclama-t-elle sans une once d'ironie.

Sa sincérité si limpide lui rappela un instant Annabel, mais il écarta aussitôt cette pensée parasite. D'accord, elle était adorable. Peut-être un peu naïve. Il était désarçonné ; mais il n'aurait rien à se reprocher. Il n'avait pas d'intentions néfastes. Grâce à lui, elle découvrirait l'identité de son père et aurait un aperçu des hautes sphères. Que du positif, finalement.

— Mais très opportune, commenta-t-il. J'imagine que vous connaissez tous les chiens du refuge ?

— Bien sûr ! Il faut que vous rencontriez Hopper – il commence à se faire vieux et il a trois pattes, mais…

En réalité, elle adorait Hopper et elle aurait préféré qu'il ne la quitte jamais. Mais elle n'était pas égoïste : Hopper serait plus heureux dans un vrai foyer.

— Il est vraiment adorable. Je pourrais…

La sonnette tinta derrière eux, et elle s'interrompit pour regarder les nouveaux clients entrer dans le café en bavardant avec animation. Elle bondit sur ses pieds. Elle avait du travail.

— Je suis désolée, il faut que je prenne leur commande.

Sev savoura son café lentement, étrangement serein, satisfait de la regarder interagir avec les nouveaux venus. Elle était efficace et avait le sourire facile. Malgré tout son cynisme, il devait admettre qu'elle était adorable. Elle se faisait poliment évasive quand les hommes lui accordaient trop d'attention. Et de temps en temps, son beau regard revenait à lui, très vite, comme pour vérifier qu'il était toujours là. *Sì*, elle allait lui tomber dans les bras. Elle était bien trop jeune pour lui, bien sûr. Et quand la vérité éclaterait, à la fête organisée par les Lawson dans leur maison de campagne, elle serait peut-être choquée… Ou peut-être pas, après tout. Pourquoi s'inquiéter d'un homme qu'elle n'avait jamais rencontré ?

Il ne serait pas injuste avec elle ; il la dédommagerait d'une façon ou d'une autre. C'était décidé. Comme cela, il s'agissait moins de la manipuler que d'utiliser son assistance involontaire. Elle le remercierait, au final. Sev sourit pour lui-même, satisfait par cette solution, apaisé en sa conscience. Un peu d'argent ou un cadeau généreux lui ferait vite oublier ses offenses ; un collier, peut-être ? Les femmes qu'il avait fréquentées ne juraient que par les bijoux.

Il repoussa sa tasse vide et avança vers le comptoir pour payer l'addition. Amy apparut presque aussitôt pour remplir une autre commande, mais avec une nervosité palpable qui lui laissa penser qu'elle ne l'avait pas rejoint complètement par hasard.

— Nous avons été interrompus. Puis-je vous demander l'adresse du refuge ? Vous pourriez peut-être m'organiser une visite, suggéra-t-il.

Les beaux yeux violets brillèrent de plaisir, et Sev, qui souriait rarement, ne put s'empêcher de répondre à son sourire. Elle cligna des yeux, visiblement troublée, et lui murmura l'adresse du refuge. Évidemment, il la connaissait déjà, mais la prit tout de même en note.

— Ce soir ?

Il n'y avait pas de temps à perdre ; la fête des Lawson était prévue pour dans deux semaines.

— Oh ! euh, oui, balbutia Amy. J'y serai entre 16 et 18 heures. Je pourrais vous montrer les chiens et voir si l'un d'entre eux pourrait être un bon compagnon.

— Alors à tout à l'heure.

Sev lui accorda un dernier signe avant de tourner les talons.

— Je t'avais dit qu'il était intéressé, siffla Denise au-dessus du comptoir, un plateau à la main.

— Oui, oui, fit Amy en souriant. Intéressé par les chiens, pas par une potentielle petite amie. Un homme comme lui ne sortirait jamais avec quelqu'un comme moi.

— Je pense que tu as tort, décréta Denise.

Amy n'essaya pas de défendre son point de vue ; elle savait qu'elle avait raison. Sev venait de toute évidence d'un autre monde que le sien ; elle n'était ni assez jolie, ni assez sophistiquée pour lui. Et s'il avait vraiment voulu la revoir, elle, il aurait demandé son numéro plutôt que de partir en quête d'un animal de compagnie. Elle ne se faisait pas d'illusions.

2.

Comme le beau temps était revenu et les clients avec lui, Amy put terminer son service avant de rentrer chez elle. Harold, le vétérinaire avec qui elle travaillait, finissait tout juste une intervention avec l'infirmière, Leanne. Amy retint un soupir en les voyant sortir tous les deux. Elle devrait s'occuper du nettoyage. Leanne était gentille, mais elle ne prenait jamais les corvées en charge si un assistant ou un apprenti pouvait le faire à sa place. Amy avait espéré avoir le temps de se changer avant l'arrivée de Sev, mais c'était maintenant peu probable.

Peut-être ne viendrait-il même pas. Il y avait une différence entre *vouloir* un animal de compagnie et commencer les procédures d'adoption. Elle termina de nettoyer la salle d'opération avant de se glisser sous la douche de fonction. Pourquoi était-elle si excitée, de toute façon ? Même s'il passait, ce serait pour rencontrer les chiens, pas passer du temps avec elle.

Elle était ridicule.

Elle avait été si immédiatement ensorcelée par sa présence. Il lui avait semblé que leur conversation s'était déroulée dans une sorte de rêve enfiévré. Pourquoi s'était-elle sentie si extatique en sa présence, si bouleversée qu'elle avait eu du mal à s'exprimer ? Si troublée que le souvenir de leur conversation l'embarrassait ? Elle n'avait jamais ressenti une telle force d'attraction. Un magnétisme, mais pas seulement physique : face à lui, elle s'était trouvée affamée d'en savoir

21

plus, d'apprendre à le connaître, d'apprendre à le comprendre. Oh ! elle était si puérile. Malgré tous ses efforts, elle échafaudait déjà des rêves et des fantasmes à propos d'un homme qui avait peut-être femme et enfants et n'avait aucune idée qu'il avait fait tourner la tête d'une petite serveuse.

Cela dit, il ne portait pas d'alliance – oui, parce qu'elle avait vérifié quand elle s'était assise en face de lui. Mais une bague ne faisait pas tout ! Et elle n'avait pas l'habitude d'être aussi obnubilée par… par un inconnu, rien de plus qu'un inconnu. Elle se prit tout de même à courir à l'étage et à mettre un peu de maquillage. Peut-être qu'elle croyait un peu aux miracles. Elle sourit pour elle-même. Cordy avait été son premier miracle. Elle était entrée dans sa vie au moment où elle vacillait au bord du gouffre. Elle l'avait accueillie chez elle et lui avait donné tout son amour. Personne n'avait jamais aimé Amy avant Cordy. Son soutien et son affection l'avaient transformée pour toujours.

Elle passa un pull bleu et un jean, puis redescendit pour nourrir les animaux. Elle s'occupait de leur quotidien, avec les volontaires qui passaient plusieurs fois par semaine pour nettoyer le chenil et promener les chiens. Certains animaux étaient là depuis longtemps, difficiles à faire adopter à cause de leur passé, de leur âge ou de leur santé.

Elle laissa Hopper sortir de sa cage. Il se mit à frétiller autour d'elle, extatique. Sa patte manquante ne l'empêchait pas de sauter dans tous les sens. Elle l'embrassa allègrement avant qu'il se calme, un peu essoufflé.

Officieusement, Hopper était devenu le chien d'Amy. Il dormait dans son lit chaque nuit et lui rendait son amour au centuple. Mais elle n'avait jamais osé l'adopter pour de bon, car peu de propriétaires d'appartements acceptaient les animaux de compagnie, et, dans quatre mois, quand elle aurait terminé son apprentissage, elle devrait déménager et louer un vrai logement. Harold l'avait autorisée à utiliser la réserve à l'étage de façon temporaire, pour contrebalancer sa maigre allocation, mais la solution n'était que temporaire.

Il était plus de 18 heures lorsque la sonnette de la clinique retentit. Elle se préparait pour son cours du soir. Elle avait fait son deuil, à ce moment-là : Sev ne viendrait pas, comme elle s'y était attendue, et c'était mieux ainsi. Elle dévala les marches sans oser reprendre espoir…

Mais il était là, sur son perron, aussi grand et beau qu'au café. Il avait échangé son costume pour un jean et un pull vert foncé. Elle déglutit difficilement.

— Oh ! je… Vous pouvez entrer, mais je dois partir bientôt, balbutia-t-elle.

— Je suis navré, je suis en retard. J'ai dû retourner au bureau pour prendre un appel urgent.

Il ne mentait pas, mais il se demanda si *elle* mentait : faisait-elle semblant d'avoir des obligations pour sauver la face ?

— J'ai encore une petite demi-heure, fit-elle en le guidant à travers le refuge et jusqu'aux chenils. Allez-y, faites connaissance avec nos résidents. Les trois derniers, au fond à gauche, ne sont pas vraiment disponibles, mais…

— Pourquoi donc ?

— Kipper mord quand il est nerveux, et il est *très* souvent nerveux. Harley ne répond qu'aux ordres en allemand. Il est très bien dressé, mais la plupart des adoptants ne savent littéralement pas lui parler. Et Bozo est encore sous traitement pour sa maladie de peau.

Elle s'appuya contre le mur et regarda Sev passer entre les cages, l'œil attentif. Il tendit la main à travers les barreaux pour saluer la meute hétéroclite de chiens de toutes tailles.

Et elle remarqua aussi la largeur solide de ses épaules, sa taille élancée, et la façon dont son jean soulignait ses hanches étroites, ses cuisses musclées, ses longues jambes. Il avait la silhouette puissante d'un athlète. Malgré elle, elle se sentit rougir jusqu'à la racine des cheveux, les entrailles enflammées, les tétons tendus de désir. Elle se mordit la lèvre. À sa grande surprise, Hopper trotta jusqu'à lui et poussa son front contre son genou. Sev s'accroupit pour gratter son oreille tombante.

— Et ce jeune homme ?

23

— Oh ! c'est Hopper. Il est très vieux, marmonna Amy en sachant pertinemment que Harold aurait été furieux de l'entendre décourager un potentiel adoptant.

Hopper méritait un bon foyer et un bon maître. Décidément, elle ne faisait que des bêtises, aujourd'hui.

— Je veux dire, se reprit-elle, il a dix ans, il a encore de belles années devant lui. Il a seulement trois pattes, mais ça ne l'empêche pas de courir et il n'a aucun autre problème de santé.

Elle avait parlé sous le coup de la culpabilité, tout en priant pour qu'il ne soit pas adopté et en se morigénant intérieurement pour son égoïsme. Elle se détourna, mal à l'aise, et s'appuya contre le chambranle.

Sev continua sa route. Elle ne s'attendait absolument pas à ce qui suivit : il se baissa vers Harley et se mit à lui parler en allemand. Harley se redressa aussitôt, la queue battante, et s'assit, se redressa, se coucha, tourna sur lui-même, puis revint s'asseoir, langue pendante, visiblement ravi.

— Je crois que Harley et moi nous entendons bien, remarqua Sev. Pourriez-vous le faire sortir de la cage ?

Elle jeta un œil à sa montre.

— Oui, mais pas pour longtemps, il faut que je parte bientôt.

— Pour aller où ?

— J'ai un cours du soir. Pour mon apprentissage.

— C'est bien dommage, car j'avais l'intention de vous inviter à dîner.

Amy accusa le coup, surprise par son invitation et par sa franchise. Il… Oh. Peut-être était-il intéressé, finalement. Contre l'encadrement de la porte, elle se raidit, hésitante. Les leçons de Cordy lui revinrent en tête. Elle n'allait pas compromettre ses principes et ses études pour les beaux yeux d'un homme.

— Désolée. J'aurais aimé vous accompagner, mais je ne peux pas risquer de rater mon examen. Je veux finir ma formation d'ici le printemps. Mon patron veut prendre sa retraite à ce moment-là.

Les yeux de bronze, si étincelants, sertis comme des pierres précieuses dans son beau visage anguleux, se plissèrent lentement. Était-il surpris de son refus ? Dans le silence, elle traversa la pièce et ouvrit la cage de Harley.

— Juste quelques minutes, répéta-t-elle. Je serais ravie de vous aider à adopter Harley, mais il faudra revenir demain pour remplir les papiers.

Malgré son embarras, une petite part d'elle-même vibrait de plaisir. Il lui avait proposé de dîner avec elle ! Il reviendrait peut-être pour Harley, et ensuite…

Le chien faisait la fête à son maître potentiel, maintenant ; après quelques caresses, il s'assit à ses pieds, les yeux pleins de dévotion.

— Il est très bien dressé, remarqua Sev.

Sev caressa les oreilles du labrador en prenant garde de rester très neutre. Cependant, il était encore sous le choc qu'Amy ait pu refuser son invitation. Il n'avait jamais… Aucune femme n'avait jamais décliné une sortie avec lui ! Et pourquoi, pour aller en *cours* ? Il baissa les yeux sur elle. Sa chevelure blonde cascadait sur ses épaules étroites et soulignait la clarté de ses yeux, la sensualité de sa moue rosée. Alors qu'elle se penchait pour convaincre Harley de retourner dans sa cage, il suivit du regard la courbe de ses seins et la forme pleine de ses fesses. Il se durcit immédiatement. Il retint un juron et se détourna vers la fenêtre, qui ne donnait sur rien d'autre que la nuit sombre. Qu'avait-elle donc de si spécial ? Elle le bouleversait sans même s'en rendre compte. Il avait l'impression d'être revenu à l'adolescence et son trouble l'irritait au plus haut point. Il savait se maîtriser, pour l'amour du ciel !

— Alors ? Vous êtes intéressé par Harley ? s'enquit Amy en le guidant vers la sortie. Mon patron, M. Bunting, est là tous les jours sauf le dimanche. C'est lui qui signe les autorisations d'adoption.

— D'accord. Je pense que je reviendrai.

Il jeta un dernier coup d'œil à Harley. Oui. Sa décision

était prise. Il voulait l'adopter. Sur le court terme, cela lui permettrait de gagner la confiance d'Amy. Et puis, le chien ne serait pas malheureux ; il avait toute une équipe d'employés sous-utilisés qui seraient ravis de s'occuper d'un chien.

— Il faut que je vous prévienne, cela dit… Harley adore les câlins. Il va vous suivre partout.

— Les… Quoi ? s'étonna Sev.

— Les *câlins*, dit Amy en riant. Son propriétaire était encore jeune et est mort subitement, mais je crois qu'il le gâtait. Il est habitué à avoir de l'attention et il adore tenir compagnie aux humains.

— Je…

Sev fronça les sourcils, mais retint sa remarque cynique *in extremis*.

— Cela ne me dérange pas.

Après tout, lui aussi avait été trop gâté et était habitué à avoir de l'attention. Ils s'entendraient bien.

— Mais pour l'instant, j'aimerais en savoir plus sur *vous*.

— Moi ?

Elle rougit immédiatement, visiblement surprise, et détourna le regard.

— Vous. Et vos disponibilités pour cette semaine, aussi. Mon invitation à dîner tient toujours.

Il se pencha sur elle – *Dio*, qu'elle était petite ! – et glissa une mèche blonde derrière son oreille, les yeux plongés dans ses incroyables prunelles myosotis. Hypnotiques, admit-il pour lui-même, avec réticence. Il resta une seconde de trop suspendu, accroché par son regard, tout proche. Il recula d'un pas brusque. D'où lui venaient donc ces impulsions ? Lui qui tenait toujours solidement la bride de ses réactions…

Amy, quant à elle, ne retint qu'à grand-peine un frisson. La caresse fugitive de ses longs doigts dorés était d'une incroyable intimité. Ces temps-ci, elle ne partageait pas de contact physique avec qui que ce soit, pas de façon significative, en tout cas. Elle déglutit, les yeux plongés dans les siens. Prisonnière de ses prunelles de bronze, elle avait chaud, froid. Sa respiration s'accéléra.

— Cette semaine ? balbutia-t-elle. Cela risque d'être un peu difficile. Je suis de service tous les soirs jusqu'à 9 heures et je ne serai pas libre avant vendredi.

Et c'était sans compter son travail au café. Elle ne pouvait pas vraiment se permettre de ne pas travailler le week-end… Mais elle avait envie d'être jeune et stupide, et de se laisser entraîner par l'aura électrique de Sev.

— Vendredi, ce sera parfait, assura celui-ci.

Il était amusé de la voir si visiblement troublée. Il n'était pas le seul à ressentir leur alchimie, au moins. Il la sentait attirée, tentée, vibrante d'anticipation. Elle était adorable. Elle lui était sympathique ; il prendrait soin de l'amuser et de lui faire plaisir. Peut-être la gâter avec un beau cadeau. Elle n'aurait aucun regret quand il disparaîtrait.

— 20 heures ? Nous pourrons aller au restaurant puis prendre un verre.

Sur un dernier sourire, il tourna les talons. Un peu étourdie, elle s'accorda une seconde pour reprendre ses esprits avant de courir à l'étage pour prendre son manteau et partir pour son cours.

Mais c'était peine perdue : elle avait la tête dans les nuages. Elle passa toute l'heure à réfléchir à sa garde-robe. Elle n'avait rien d'assez élégant pour sortir – elle ne se souvenait même pas de la dernière fois qu'elle avait porté une robe. Elle ne pouvait pas s'offrir quoi que ce soit, même pas en friperie… Mais Sev était visiblement un homme de goût, et il remarquerait sa tenue, c'était certain.

Finalement, c'est Gemma, sa collègue au café et son amie la plus proche, qui vint à sa rescousse en lui proposant de lui prêter des affaires.

— Je sortais tout le temps, avant, avait-elle soupiré avec regret. La vie change du tout au tout quand tu as un bébé.

Le soir fatidique, devant son miroir, Amy poussa un

soupir. Au moins, elle était reconnaissante à sa mère de lui avoir inculqué un certain cynisme. Le monde des relations amoureuses était un terrain dangereux. Elle n'avait jamais appris les détails, mais elle savait que sa mère était tombée enceinte accidentellement. Elle avait décidé très tôt de ne pas faire la même erreur. Elle était vierge, mais elle prenait quand même la pilule. Si elle rencontrait quelqu'un qui lui plaisait vraiment, elle n'aurait rien à craindre.

Les habits de Gemma étaient un peu trop moulants et un peu trop longs pour elle, mais Amy finit par trouver une robe en velours qui lui allait assez bien. Le décolleté était plus plongeant qu'elle ne l'aurait voulu, mais la robe était bien taillée, assez courte pour sa petite taille. Elle cala des mouchoirs au fond des chaussures à talons aiguilles, un peu trop grandes elles aussi, et se maquilla très légèrement. Quand la sonnette retentit, son cœur battait déjà la chamade.

Derrière la porte, elle trouva un inconnu en costume. Une limousine l'attendait sur le trottoir.

— Bonsoir, Miss Taylor. M. Cantarelli vous attend dans la voiture.

Abasourdie, Amy resta figée sur place, le regard fixé sur le chauffeur en uniforme qui lui tenait déjà la portière ouverte à quelques mètres. Elle cligna des yeux et finit par hocher la tête. Elle suivit le garde du corps dans la nuit froide. La limousine était confortable et chauffée ; le chauffeur referma doucement la portière derrière elle.

Sev l'accueillit avec un vague sourire aux lèvres, les yeux dénués de chaleur. Elle remarqua immédiatement la différence ; il avait l'air distant, ce soir. Regrettait-il de l'avoir invitée ? Allait-elle lui faire honte, habillée de cette façon ? Elle retint tout juste une grimace.

— La limousine… Je… Je ne savais pas. Vous auriez dû me prévenir. Qui était l'homme à la porte ?

— Un agent de mon équipe de sécurité.

Sev laissa courir son regard sur elle et savoura chaque détail. Elle était absolument exquise – la rondeur pâle de sa poitrine, dévoilée par le décolleté, la finesse de ses genoux et de ses chevilles… Son délicieux visage et son sourire sublime… Même si elle avait l'air nerveuse, elle était impossiblement adorable. Il ne faisait pas vraiment dans l'*adorable*, d'habitude.

Il devait se reprendre ! Peu importait qu'elle soit jolie à mourir, ou qu'elle ait des seins dignes d'une déesse, parce qu'il ne toucherait pas à un seul de ses cheveux.

— Que se passe-t-il ? s'enquit-elle. C'est la robe, c'est ça ? Pas assez élégante ? Je l'ai empruntée…

— À qui ?

Il prit une note mentale de la situation. Elle avait besoin d'emprunter des vêtements pour sortir – il faudrait donc lui acheter une robe pour la soirée de Noël de Lawson. Elle n'aurait jamais assez d'argent pour une tenue aussi sophistiquée, et il ne comptait pas lui dévoiler l'identité de son père avant le moment propice.

Bien sûr, l'idée que la fille d'un homme aussi riche puisse vivre dans la pauvreté l'agaçait au plus haut point. Lawson ne pouvait-il pas l'aider financièrement, même si Amy n'était plus éligible à une quelconque pension alimentaire ? Elle devait travailler d'arrache-pied pour terminer ses études, et il savait qu'elle avait eu une enfance difficile.

— Gemma. Une amie.

Amy parvint à soutenir le regard de Sev, mais son cœur battait toujours beaucoup trop vite ; elle était bouleversée par sa simple présence et par le luxe qui les entourait. Elle avait l'impression d'être entrée dans un rêve étrange.

— Je peux vous offrir un verre ?

— Oui, s'il vous plaît, ce serait… Je crois que j'en ai bien besoin.

Oh ! tais-toi, tais-toi et arrête de bafouiller comme une idiote. Toutes ses insécurités devaient se lire sans effort sur son visage…

Elle dut prendre sur elle pour ne pas rester bouche bée lorsque, d'un pressement de bouton, Sev fit apparaître un cabinet à liqueurs entre la banquette opposée et la division qui les séparait du chauffeur. Cependant, quand il ouvrit une bouteille de champagne rosé, elle ne put retenir sa consternation plus longtemps.

— Du champagne ? Nous avons quelque chose à célébrer ?

— Avec un peu de chance, le moment où vous parviendrez à vous détendre, rétorqua nonchalamment Sev.

— Ah, vous risquez d'attendre longtemps.

— Commençons par nous tutoyer ?

Elle rit.

— D'accord, mais ça n'empêche pas que j'ai l'impression d'avoir été catapultée sur un tournage de film. Je ne suis pas vraiment habituée à ce genre d'extravagance…

— Je suis la même personne que l'autre jour.

— D'accord, mais qu'est-ce que tu veux de moi ? Je n'ai rien à faire dans ton monde.

— Je ne suis pas défini par mon salaire. Nous vivons dans le même monde.

— Je n'en suis pas si sûre, murmura-t-elle en prenant la coupe de champagne qu'il lui tendait.

Elle goûta au liquide délicatement rosé, un peu soulagée d'avoir de quoi occuper ses mains trop fébriles. Quand ils arrivèrent à l'hôtel de luxe où il avait réservé une table, elle avait avalé une deuxième flûte et se sentait plus à l'aise ; assez à l'aise pour encourager Sev à parler, ce qui n'était pas une mince affaire. Lui demander comment s'était déroulée sa journée lui avait valu un vague « beaucoup de réunions… », et rien de plus. Il était décidément très laconique.

— Parle-moi de quelque chose qui t'a énervé.

— Énervé ? Il en faut beaucoup pour m'énerver, proclama-t-il avec un froncement de sourcils.

— D'accord, alors quelque chose qui t'a fait plaisir ?

Il lui offrit son bras sur le chemin de l'entrée, l'air parfaitement perplexe, maintenant.

— Qu'essayes-tu donc de me faire dire avec ces questions étranges ?

Le portier l'accueillit en l'appelant par son prénom et les fit entrer dans un grand hall absolument grandiose ; mais cette fois, Amy était trop concentrée sur lui pour se laisser distraire.

— Ma deuxième mère, en quelque sorte, Cordy, celle qui m'a prise chez elle quand je cherchais une famille d'accueil, me demandait toujours de trouver une chose positive à dire sur ma journée, surtout si j'étais de mauvaise humeur.

Sev serra les dents. Partager ses émotions ? Quelle idée.

— Une optimiste, hum ? Eh bien je ne trouve rien de positif à dire sur ma journée. Seulement du stress et des conflits.

Malgré la sécheresse de sa réponse, elle récompensa son honnêteté d'un sourire solaire, et, les yeux dans les siens, il comprit qu'il venait de mentir. C'était elle le point positif de sa journée. Elle mettait sa négativité et son pessimisme à rude épreuve. Ils avaient des personnalités diamétralement opposées – Sev se savait sombre jusqu'à la moelle, et parfaitement cynique. Il n'attendait que le pire de l'humanité. Il ne laissait personne l'approcher, pas réellement. Il était attaché à sa sœur et à son vrai père, Hallas, mais même avec eux, il ne baissait pas les armes. Ce qu'il ressentait, ce qu'il pensait, il ne le confiait à personne. C'était plus prudent ainsi. Ses faiblesses et ses vulnérabilités n'appartenaient qu'à lui. Son enfance lui avait appris qu'il ne devrait jamais sa protection qu'à lui-même. Même Annabel, sans le vouloir, l'avait trahi une ou deux fois avec sa langue trop bien pendue.

Il se souvenait d'un dîner, quand il avait dix ans, pendant lequel sa sœur avait décidé d'annoncer qu'il était malheureux au pensionnat. Il se souvenait aussi de ses sanglots, quand elle avait vu leurs parents se retourner contre lui et l'insulter pour son ingratitude, comme s'il n'était qu'un déchet qu'ils avaient sauvé d'une vie de misère. À cette époque, il n'aurait jamais deviné que son vrai père était un homme riche et qu'il lui aurait offert un foyer sans hésiter. Jamais deviné non plus qu'en tant que premier-né de sa mère, il hériterait à sa majorité d'un fonds fiduciaire extravagant. Non. Il était simplement terrifié, sans défense, indésirable dans la seule famille qu'il avait jamais connue.

Comme il se taisait, Amy en profita pour admirer l'incroyable opulence des lieux. Le manager vint à leur rencontre pour les escorter personnellement dans une magnifique salle à manger. Des têtes se tournèrent sur leur passage et les conversations s'éteignirent. On les installa à une table au centre. Elle se sentit rougir, douloureusement consciente de la qualité de sa robe. Et elle ne portait aucun bijou. Elle aurait préféré que Sev les emmène dans un endroit plus privé et moins luxueux…

C'était idiot, elle en avait conscience. Elle aurait dû se réjouir de sa chance, et profiter des lieux, du repas extraordinaire qu'elle aurait bientôt l'occasion de goûter. Elle leva les yeux vers Sev mais retint sa prochaine question. Son beau visage anguleux s'était assombri. Avait-elle, sans le vouloir, remué des mauvais souvenirs ?

Il croisa son regard et sembla se reprendre. Il lui demanda comment elle avait commencé à travailler au refuge. Elle lui parla de ses visites quand elle était enfant, de son amour pour les animaux, de son affection pour Cordy. La clinique avait été son refuge à elle, à cette époque. C'était là-bas qu'elle fuyait sa mère et ses reproches.

— Pourquoi ne t'entendais-tu pas bien avec elle ?

Elle sourit, un peu surprise. Pour un homme qui parlait si peu de lui, il était très curieux d'en savoir plus sur elle.

— Personne ne s'entendait vraiment avec elle. Elle était abrasive. Elle a offensé beaucoup de monde. Mon père l'a quittée quand elle était enceinte, et elle ne s'en est jamais remise. Elle était très amère. Tu connais Miss Havisham, dans *Les Grandes Espérances* ? Ma mère ne passait pas son temps dans la robe de mariée qu'elle n'avait jamais eu l'occasion de porter, mais elle la gardait tout de même religieusement dans sa penderie…

— Cela devait être difficile.

— Je m'en suis remise. Et Cordy m'a montré ce que c'était une famille. En quelque sorte.

Elle préférait ne pas s'appesantir sur les mois à la DDASS,

quand elle avait été envoyée dans une maison de correction pour les adolescents à problème.

— Tu lui dois beaucoup, on dirait, devina Sev.

Amy ne put s'empêcher de lui décrire Cordy, ses bonnes actions, ses passions. Son visage s'éclairait lorsqu'elle parlait d'elle et des animaux qu'elle aimait. Elle parlait beaucoup, se dit Sev, mais il était étrangement investi, conquis par ses anecdotes, séduit par l'expressivité de ses yeux bleu-violet. Aussi discret qu'une ombre, un serveur revint remplir leurs verres, et il remarqua à retardement que la soirée avançait sans qu'il s'en aperçoive.

Contrairement aux mannequins avec qui il sortait habituellement, Amy n'avait pas une once de narcissisme. Elle parlait peu d'elle-même, passait devant les miroirs sans les remarquer, ne se souciait pas du regard des hommes sur elle. Elle n'avait pas une seule fois demandé à s'éclipser pour se remaquiller. Et pourtant, elle avait des traits d'une joliesse à couper le souffle, et une moue inconsciemment sensuelle sur ses lèvres pleines. Après quelques heures en sa compagnie, sa beauté lui semblait absolument indéniable. Elle était petite, mais elle était sublime.

— Tu… Tout va bien ? s'enquit-elle soudain, les joues rosies d'embarras sous l'intensité de son attention.

— J'aime te regarder, *cara mia*.

Submergée par une vague de chaleur et de timidité, Amy baissa la tête et joua machinalement avec son verre de vin. Sev était direct sans être insistant, elle admirait son culot. Elle aurait voulu lui dire qu'elle aimait le regarder aussi, fascinée qu'elle était par les angles et les ombres de son beau visage ciselé. Leur repas était délicieux et merveilleusement présenté, mais ses sens restaient focalisés sur Sev, sa voix profonde, les changements discrets de son expression. Quand ils se levèrent enfin, après le dessert, elle se sentait délicieusement tiède, détendue, étrangement à l'aise en la présence d'un homme qui aurait dû l'impressionner au plus haut point. Au contraire – un nœud d'excitation pulsait dans son ventre, bas et brûlant. Elle leva les yeux vers lui et se laissa sombrer dans ses prunelles d'or sombre, soulignées par ses longs cils noirs.

Il lui proposa d'aller à l'Upmarket, un club huppé dont elle avait vu le nom en feuilletant les magazines. Une foule de fêtards sophistiqués attendaient sur le trottoir lorsqu'ils sortirent de la limousine. Les femmes étaient toutes sexy à mourir, et, dans sa robe modeste et sombre, elle se sentit fade et funèbre. Elle se raidit encore en voyant le videur les accueillir avec déférence et les laisser entrer devant tout le monde. Une autre employée les guida jusqu'à la section VIP à l'étage. Des cocktails les attendaient déjà dans l'alcôve qu'on leur avait destinée. Comme elle était déjà un peu joyeuse, après le champagne et le vin, elle se contenta de manger les cerises piquées dans son verre. Son regard vogua vers une danseuse à demi nue ondulant sur une petite plate-forme en contrebas. C'était une performance très sexy ; elle détourna les yeux, un peu gênée, pour se concentrer sur Sev ; surprise, elle trouva son regard sur elle plutôt que sur la danseuse.

— J'aimerais savoir danser comme ça, admit-elle avec un sourire amusé.

Et Sev lui rendit son sourire, un éclat solaire sur son visage ténébreux, inattendu, si sincère qu'elle cligna des yeux.

Sev aurait pu l'embrasser, à cet instant. Il pensait avoir tout entendu sur les danseuses de l'Upmarket – les femmes qu'il emmenait ici finissaient toujours par les dénigrer ou par insulter leur performance, par jalousie ou par vanité. Mais de toute évidence, Amy n'optait jamais pour l'insulte et la méchanceté, il commençait à le comprendre. Elle s'était même contentée de décrire sa mère comme « abrasive », pendant le dîner. Mais il savait ce que Lorraine Taylor lui avait fait subir. À son avis, elle méritait une description bien plus sévère.

Il posa son bras sur le dossier de la banquette et se tourna entièrement vers elle. Amy admira le relief de son torse solide, subtilement souligné par sa chemise noire, et ses longues cuisses, puissantes, ouvertes. Incapable de se retenir, elle laissa son regard glisser jusqu'à son entrejambe, et un éclair brûlant pulsa sous sa chair, torride, irrésistible. Pour la première fois, elle se demanda si elle oserait…

Elle releva précipitamment la tête, le rouge aux joues, et se heurta au regard attentif de Sev. Son cœur rata un battement puis s'emballa, frénétique ; son estomac se serra, et un frisson frémit le long de son échine. La main chaude de Sev avait trouvé son épaule ; en un instant, sa bouche était toute proche, offerte, à un souffle de la sienne. Lentement, délibérément, il posa ses lèvres sur les siennes, avec une assurance tranquille, puis approfondit le baiser. Elle n'avait jamais été transportée ainsi – fiévreuse, submergée par une pulsion primitive et inconnue, elle glissa ses bras autour de sa nuque et laissa ses défenses et ses angoisses mourir dans le brasier de leur incroyable alchimie. Dans l'intensité croissante de leur baiser, elle enfouit ses doigts dans la douceur de ses boucles noir-bleu. Elle voulait être plus près, toujours plus près de lui. Son corps prenait vie dans une tornade de sensations. Surprise d'elle-même, elle se sentait savourer chaque pic d'adrénaline, chaque seconde de dévastation : ses tétons douloureusement crispés, la pulsation brûlante entre ses cuisses.

Sev souleva soudain Amy et la replaça sur la banquette, le souffle court. Pas très loin de lui ; juste… à une distance plus prudente. Inexplicablement, elle s'était retrouvée sur ses genoux. L'avait-il attirée sur lui sans s'en apercevoir, submergé par son désir pour elle ? Non, c'était impossible. Il n'était jamais *submergé*. Il avait le souffle court, mais il ne pouvait détourner le regard. C'était inconcevable. Jamais il ne se laissait dominer ainsi par ses instincts – il allait devoir reprendre le contrôle de lui-même. Était-il aussi affecté parce qu'il savait qu'il ne pourrait pas passer la nuit avec elle ? Était-ce l'attrait du fruit défendu ? Après tout, il n'était pas *réellement* intéressé. La fille d'Oliver Lawson ! Aucune forme d'intimité n'était appropriée. Mais malgré ses remontrances silencieuses, Sev ne pouvait ignorer la douloureuse raideur de son désir, et la facilité avec laquelle Amy lui avait fait perdre son sang-froid.

Amy toussota, mortifiée, et reprit sa place dans le coin de la banquette. Qu'est-ce qui lui avait pris ? S'était-elle jetée sur Sev dans un élan d'enthousiasme ? Elle espérait qu'il ne tirerait pas des conclusions hâtives sur son attitude. Il valait mieux mettre les choses au clair. Elle releva le menton et se força à rencontrer fermement son regard.

— Je préfère être honnête tout de suite, je n'ai pas l'intention de rentrer avec toi ce soir.

Les prunelles d'or dansèrent d'amusement.

— Je ne sais pas pour quel genre d'homme tu me prends, Amy, mais je ne couche pas le premier soir.

3.

Amy ne put retenir un gloussement, de soulagement et de nervosité mêlés. Elle attrapa son verre pour avaler une longue gorgée. Sev était visiblement amusé, mais il se contenta de caresser doucement son épaule.

— Ne t'inquiète pas, Amy. Je n'attends rien de toi.

Au lieu de se vexer, il avait réagi avec humour. Elle lui en était infiniment reconnaissante. Elle hocha la tête, rassurée. Malgré toute sa sophistication, Sev avait le don de la mettre à l'aise. Elle lui sourit, plus sûre d'elle et de lui, maintenant.

— Très bien. Et maintenant que tu sais tout de moi, pourquoi ne pas me parler un peu de toi ?

Son passé compliqué était un vrai panier de crabes. Il n'avait pas l'intention d'en révéler un iota ; mais il pouvait bien lui divulguer quelques détails anodins. Il lui confia que sa mère était italienne et son père grec, mais que ses parents s'étaient séparés avant sa naissance et avaient chacun un conjoint.

— Et comment tu l'as vécu, d'avoir deux pères ? s'enquit Amy en l'examinant de ses yeux intensément sincères.

Ses prunelles violettes brillaient comme des gemmes, soulignées par sa peau laiteuse.

— Ça ne s'est pas passé comme ça. Mon beau-père n'avait aucune envie d'être ma figure paternelle. Et je n'ai rencontré mon père biologique qu'à l'âge adulte.

Elle écarquilla les yeux, l'air réellement ému.

— Oh… Je comprends. Je n'ai pas connu le mien. Il ne voulait pas d'enfant. Où as-tu été à l'école ?

— Un pensionnat, dans le Nord, quand j'ai eu cinq ans.

— Cinq ans ? C'est très tôt pour quitter la maison.

— J'ai survécu, railla-t-il.

C'était à cette époque qu'il avait commencé à ne compter que sur lui-même. Le seul de sa fratrie à avoir été envoyé en pensionnat, il avait vite déduit qu'il n'avait pas sa place au sein du nid familial. Il n'était qu'un coucou dont on voulait se débarrasser. Il avait cessé de vouloir changer le statu quo. En grandissant, il s'était simplement détourné de leur influence néfaste et avait suivi son propre chemin.

— Je t'admire, répondit Amy avec une grimace. Ma mère n'était pas vraiment du genre à me faire des cookies ou à me raconter des histoires, mais elle était là pour moi quand j'étais petite.

À l'idée que sa mère puisse faire preuve d'un quelconque instinct maternel à son égard, Sev ne put retenir un petit rire. Lady Aiken n'avait jamais été très affectueuse avec sa progéniture. Et Amy… Sa compassion le surprit encore une fois. Il aurait dû s'en douter, bien sûr : elle avait, après tout, choisi de travailler dans un refuge caritatif et de prendre soin d'animaux blessés. De toute évidence, l'élégance et le confort n'étaient pas ses premiers objectifs.

Pour alléger l'atmosphère, il reprit :

— Plus tard, j'ai été envoyé dans une école en Italie, et je m'y suis beaucoup plu. Ma mère avait des cousins dans la région, donc j'ai pu apprendre à connaître ma famille italienne. J'allais chez eux le week-end et ils m'ont toujours accueilli à bras ouverts.

Mais Amy ne se laissa pas si facilement divertir.

— C'est quand même une existence très solitaire pour un enfant, Sev, répondit-elle.

Il soutint son regard si expressif, troublé malgré lui. Pourquoi menait-il une conversation aussi intime avec cette inconnue, alors qu'il ne parlait jamais de lui ? Et pourquoi posait-elle toutes ces questions, après tout ? Il n'avait jamais eu des conversations pareilles pendant ses autres rendez-vous.

Les femmes lui demandaient à quel âge il avait atteint son premier million, ou quand il avait perdu sa virginité et avec qui. Elles s'intéressaient à ses exploits et ses succès. Mais Amy tenait à parler de choses personnelles. Son enfance… Il était étrangement touché par sa curiosité. Il tendit la main vers la sienne, si délicate et pâle.

— Je n'ai toujours pas ton numéro de téléphone, dit-il doucement. Et tu ne bois pas ton cocktail. Tu n'aimes pas ?

— J'ai assez bu pour ce soir, répondit-elle en lui donnant son portable pour qu'il entre son numéro. Je ne tiens pas très bien l'alcool et je ne veux pas perdre tous mes moyens.

Elle était si… franche. Pendant qu'elle lui envoyait un SMS pour qu'il enregistre son numéro à son tour, il l'examina attentivement.

Il ne pouvait s'empêcher de la trouver extrêmement attachante…

Il se détourna brusquement et fit signe au bar d'apporter une autre tournée. Il était idiot. Il se laissait attendrir, ce soir, alors qu'il se savait plus cartésien que cela. Il préférait les femmes sophistiquées. Il détestait les questions trop personnelles. Il avait intérêt à s'en souvenir.

Elle s'éclipsa un instant et revint bientôt, son adorable bouche pulpeuse brillante de gloss à la fraise. Impossible de résister ; il voulait y goûter de nouveau. Quand elle s'assit près de lui, il l'attira dans ses bras et l'embrassa lentement.

Instantanément, la fièvre reprit ses droits sur Amy ; elle luttait pour garder le contrôle d'elle-même mais se sentait frissonner dans ses bras. Cette convoitise si pure, si dévastatrice – c'était trop intense, c'était impossible. Elle avait trop bu, tout simplement. Quand il l'embrassait, le monde retenait son souffle. Elle entrait dans une autre dimension, exclusivement définie par le bouleversement de ses sens. Elle referma les doigts sur sa chemise, sous laquelle ses muscles durs s'étaient crispés lorsqu'il s'était penché sur elle pour plonger les mains dans ses cheveux. Pantelante, les veines chantantes de désir, elle se pressa contre lui. Elle le connaissait à peine, et il venait d'un autre monde, et pourtant…

Mais elle ne se laissait jamais submerger ainsi. Elle réfléchissait toujours avant d'agir. Elle recula brusquement, frappée par l'incongruité de ses réactions. Surpris, il rouvrit ses yeux d'or liquide, et arqua un sourcil.

— On devrait aller danser ! s'écria-t-elle.

Elle avait besoin d'espace, besoin de reprendre le contrôle. L'alcool n'était pas en cause. Pour la première fois de sa vie, elle désirait *réellement* un homme.

— Je ne danse pas, marmonna Sev en avalant son verre d'une traite, conscient de l'érection qui tendait douloureusement son pantalon un peu trop bien taillé.

— Tu pourras me regarder, alors, rétorqua-t-elle.

Et elle prit la fuite.

Perplexe, Sev la regarda dévaler les escaliers. À quelques mètres de là, ses agents de sécurité la suivirent des yeux, et un éclair d'amusement éclaira leurs visages solennels. Sev se sentit rougir. Il n'avait pas l'habitude de se donner en spectacle. Il n'embrassait même pas ses compagnes en public, d'habitude. Et elles l'invitaient toujours chez elles après dîner. Il n'avait jamais été rejeté auparavant. Ni abandonné au milieu d'un club. Quant à ce baiser… Qu'est-ce qui lui prenait ? Il se comportait comme un adolescent en rut. Il n'avait jamais eu autant de difficultés à ne pas toucher une femme ! Il serra les dents et se redressa lentement. Son excitation s'était un peu amenuisée avec le départ d'Amy et son propre agacement. Il descendit à son tour, la trouva de l'autre côté de la piste de danse et la rejoignit sans cacher sa réticence.

En voyant Sev se matérialiser devant elle, Amy retint son souffle. Son cœur partit immédiatement au galop ; près d'elle, sous les spots lumineux, sa stature haute et puissante et ses traits si séduisants la frappèrent de nouveau. Elle lui sourit ; elle avait eu peur qu'il l'abandonne ici, agacé par son revirement. Cela n'aurait pas été la première fois que rejeter les avances d'un homme lui aurait valu une réaction amère. Elle était un peu embarrassée de s'être enfuie. Pourquoi était-elle si lâche ? Elle avait réagi comme une gamine.

En fait, c'était la première fois qu'on l'embrassait comme *cela*… Elle ne pouvait pas nier son incroyable attirance pour lui. Elle lui jeta un œil en coin pendant qu'ils retournaient ensemble à leur table, main dans la main. Sev se comportait comme si de rien n'était. Il lui parla de son travail en Asie, où il avait passé l'été. Quand elle demanda à rentrer, il la ramena au refuge et sortit de la limousine avec elle. Sur le palier, il baissa les yeux vers elle – si grand, si imposant – et accrocha son regard.

— Même heure la semaine prochaine ? proposa-t-il avec cette assurance météorique qui semblait le définir.

— Je… Oui, avec plaisir, balbutia-t-elle en s'attardant une seconde, au cas où il aurait voulu l'embrasser de nouveau.

Il ne tenta rien. Ce n'était pas surprenant : elle s'était comportée de façon si nerveuse et si fébrile quand il l'avait touchée. Il ne voulait sans doute pas prendre de risque. Quel homme appréciait d'être repoussé ?

— Dis à ton patron que je passerai demain pour le chien.

— Pas de problème. Si tu viens le matin, tu n'auras pas besoin d'attendre. Et merci encore pour le dîner.

Elle se coucha troublée et resta longtemps éveillée, l'esprit bouillonnant de leur soirée. La rappellerait-il ? Il avait proposé un autre rendez-vous, mais il pouvait tout aussi bien disparaître sans demander son reste. À l'idée de ne jamais le revoir, son cœur se serra. Oh ! elle était ridicule. Elle était déjà bien trop charmée par un homme qu'elle connaissait à peine, et qui ne prendrait jamais une femme comme elle au sérieux. Cordy lui aurait asséné qu'elle allait *droit dans le mur*. Et pourtant, pourtant, alors qu'elle rejouait chaque instant de la soirée, chaque seconde de ces baisers enflammés… Elle ne pouvait s'empêcher de songer qu'ils partageaient quelque chose de spécial.

Le lendemain, Sev annula une réunion en fin d'après-midi pour passer au refuge et commencer les démarches d'adoption. Il avait bien l'intention de croiser Amy par la même occasion. Après tout, plus il la voyait, et plus il serait facile de l'inviter au cocktail des Lawson. S'il voulait mettre son plan à exécution, il devait gagner sa confiance. Sans pour autant lui faire du mal, bien sûr. Pour la énième fois, il sentit sa détermination chanceler, et secoua la tête. Vraiment ! Amy ne pouvait pas être aussi douce et vulnérable qu'elle le laissait paraître – personne ne l'était.

Et puis, finalement, ne lui faisait-il pas une faveur ? Amy désirait sans doute connaître l'identité de son père. Si elle avait eu de l'argent, elle aurait pu demander à ouvrir un dossier pour obtenir son nom. Mais elle n'avait ni l'argent ni l'expérience légale nécessaire pour savoir qu'elle avait parfaitement le droit d'en savoir plus sur sa famille biologique. Grâce à lui, elle obtiendrait toutes les réponses dont elle avait toujours rêvé, et sans dépenser un centime.

Après une longue attente et une multitude de formulaires à remplir, Sev obtint la garde de Harley. Attaché à sa toute nouvelle laisse, le chien resta bien sagement assis à ses pieds pendant que Sev demandait, aussi subtilement que possible, où était Amy.

Le vétérinaire plissa les yeux, l'air méfiant, et l'examina d'un regard critique dont Sev n'avait pas l'habitude.

— Amy est en cours aujourd'hui. C'est une fille bien, Amy. Je la connais depuis qu'elle est toute petite. Elle travaille dur, elle est honnête, et elle a un don avec les animaux. Mais elle n'a pas eu la vie facile.

— J'avais cru comprendre, acquiesça Sev, embarrassé par l'avertissement qu'il décelait dans la voix du docteur.

Il battit en retraite et rentra chez lui avec Harley. Ce dernier n'accorda pas un coup d'œil à la superbe niche qu'on avait fait construire le matin même dans la cour. Le jardinier, à qui Sev avait inculqué quelques mots d'allemand pour l'occasion, le promena, le nourrit, puis le ramena à son panier extérieur, un bel objet doublé de fourrure. Mais le labrador continua de gémir plaintivement, même après que Sev lui a rendu une courte visite. Dans la soirée, pendant qu'il travaillait dans son bureau, la lamentation indistincte se transforma en long mugissement. Sev l'entendait de son bureau. Il referma son ordinateur avec un claquement agacé.

— Je suis navrée, le chien ne veut pas se calmer, lui expliqua la gouvernante. Je pense qu'il se sent seul.

Sev poussa un soupir. Voilà que la culpabilité l'assaillait. Il sortit de nouveau et rejoignit Harley. Le labrador l'accueillit avec un jappement de joie et leva vers lui un regard adorateur. Sev le conduisit à l'intérieur et continua de travailler pendant que Harley dormait paisiblement à ses pieds, sur le tapis du bureau. Chaque fois que Sev se levait, il ouvrait immédiatement un œil alerte pour suivre la position de son maître. Finalement, pour se dégourdir les jambes et fatiguer le chien avant de dormir, Sev alluma les lampes de jardin et joua avec lui à la balle. Annabel se joignit à eux, visiblement enchantée ; ils n'avaient jamais eu le droit d'avoir des animaux, chez eux.

Malheureusement, le moral de sa sœur était toujours au plus bas. Elle faisait son possible pour garder le sourire, mais il n'était pas dupe ; son regard tourmenté lui soufflait qu'elle était dévastée. Elle avait fait confiance à Lawson, et il lui avait brisé le cœur. Le lendemain, il était convenu qu'elle emménagerait dans le nouvel appartement qu'il lui avait trouvé, près de son travail. Sev était propriétaire de tout l'immeuble. De nouveau, alors qu'il emmenait Harley vers sa niche, il lui proposa de rester avec lui un peu plus longtemps.

— Tu es le meilleur des frères, Sev, insista-t-elle avec une gaieté forcée. Mais j'ai besoin de sortir un peu de ma tête. Un nouveau départ, c'est exactement ce qu'il me faut. Je passe mon temps à m'autoflageller, et je n'en peux plus.

— Lawson a profité de toi, Bel. Il a menti. Rien de tout cela n'est ta faute.

— J'ai été stupide, coupa sa sœur en le suivant vers la maison.

Derrière eux, Harley se mit immédiatement à hurler à la mort. Annabel s'arrêta au milieu de la pelouse.

— Oh ! Sev. Tu crois qu'il va se calmer ? Personne dans la maison ne pourra dormir comme ça.

— C'est une question de discipline.

— Non, c'est une question d'amour. Il n'aime pas être loin de toi. C'est un chien d'intérieur, pas un chien de jardin.

Annabel l'examina une seconde avant de rire doucement.

— Tu n'as vraiment pas réfléchi avant de l'adopter, hum ? Un animal, c'est une vraie responsabilité.

Une heure plus tard, les dents serrées, Sev écoutait toujours Harley geindre et japper. Finalement, à bout de patience, il alla lui ouvrir la porte. Le chien l'accompagna à l'étage en bondissant joyeusement, puis déboula dans sa chambre et sauta sur le lit.

— Oh ! non, certainement pas !

D'un claquement de doigts, Sev l'exila dans le coin de la pièce, sur un tas de coussins qu'il arrangea pour lui. Harley s'allongea docilement et poussa un long soupir, la truffe enfouie entre ses pattes, l'œil plus larmoyant que jamais, mais resta silencieux. Sev ne fléchit pas et se coucha.

Le lendemain matin, il se réveilla avec un grand chien ronflant sur ses pieds.

Amy étudiait son téléphone toujours silencieux avec un agacement croissant. Trois jours ! Et elle se comportait comme une idiote, à vérifier son portable toutes les deux minutes. Elle n'avait pas non plus trouvé Sev sur Internet – peut-être avait-elle mal compris son nom, *Kenterelli* ? Ce n'était pas comme si elle pouvait lui demander de l'orthographier. Et après tout, pourquoi paniquer ? Peut-être que Sev ne la rappellerait jamais. Toutes ses amies avaient leur lot d'anecdotes similaires. Un homme pouvait avoir l'air très intéressé le soir même et oublier votre existence le lendemain. C'était la vie. Elle pouvait prier, soupirer et rêvasser, mais elle ne pouvait ni contrôler Sev, ni contrôler le hasard. Mais… Ne pouvait-elle pas faire le premier pas ? Demander des nouvelles de Harley, par exemple ? Non, il verrait clair dans son jeu. Elle ne voulait pas avoir l'air trop accrochée, ou insister alors qu'il n'avait peut-être aucune intention de la recontacter. Elle hésita toute la matinée, si nerveuse qu'elle en avait la nausée.

Comme elle était toujours barbouillée le soir même, elle se coucha tôt, Hopper pelotonné contre elle. Elle avait demandé à changer de pilule, récemment. Était-ce le problème ? Ou avait-elle mangé quelque chose qui ne lui convenait pas ? Au moins, elle n'eut pas le temps de s'appesantir sur le silence de Sev ; elle passa une nuit terrible et fiévreuse, à faire l'aller-retour entre son lit et les toilettes de l'infirmerie. Le lendemain, bien que pâle et cernée, elle se sentait un peu mieux. Elle retrouva un peu de son esprit pratique et de sa vigueur quand Harold lui demanda si son « ami » et Harley s'entendaient bien. C'était l'excuse qu'elle attendait, elle en avait bien conscience ; mais, après tout, c'était le rôle du refuge de vérifier le bien-être de ses protégés. Spontanément, elle envoya un message à Sev pour lui poser la question.

En recevant son message, Sev sourit largement et l'appela immédiatement.

— Passe chez moi ce soir, tu verras Harley en personne, proposa-t-il. Et nous pourrons manger ensemble.

Amy brida tant bien que mal une bouffée d'excitation et s'efforça de répondre d'une voix égale :

— Je travaille jusqu'à 9 heures.

— Pas de problème. Nous mangerons tard. Je viens te chercher.

Il raccrocha et lança son portable dans un fauteuil. C'était parfait : il l'emmènerait à un vernissage vendredi soir puis l'inviterait à la soirée de Noël à ce moment-là. Il avait hâte que cette mascarade soit terminée ; et si une petite part de lui brûlait d'avoir quelques semaines de plus en compagnie d'Amy, il était déterminé à l'ignorer.

Il valait mieux ne pas voir Amy Taylor plus que nécessaire. Il était trop sensible à son sex-appeal. S'il avait été cruel, il aurait simplement couché avec elle pour exorciser son attraction. Mais elle méritait mieux que cela. Il avait essayé de satisfaire sa libido avec une autre femme la nuit dernière, en vain. Il avait passé la soirée d'humeur massacrante, avait trouvé à sa pauvre compagne mille et un défauts, et avait coupé court sans même accepter sa proposition de la raccompagner chez elle. C'était étrange : d'habitude, il n'avait aucun mal à considérer le sexe comme une activité comme une autre, une gratification physique, parfaitement détachée de ses sentiments ou de son intellect. Un appétit à assouvir régulièrement, rien de plus, rien de moins. Il n'avait jamais été sentimental. Il devait le respect, la prudence et la prévenance à ses partenaires, mais certainement pas le romantisme. Seulement, Amy avait fait trembler les fondations de ses principes en un claquement de doigts : soudain, l'attouchement le plus innocent avait toute la complexité d'un dilemme, et tout l'attrait d'une irrésistible passion. Comment était-ce possible ? Son désir pour elle le tourmentait. Sans doute parce qu'elle était la première femme qu'il ne pouvait pas avoir. À croire que ce petit bout de femme était devenu son Hélène de Troie personnelle ! Il brûlait de la toucher, de la posséder. Elle l'excitait follement, instantanément. C'était insensé, mais indéniable. Il n'était pas dupe : plus il se concentrait sur l'interdit, plus il se répétait qu'il n'avait pas le droit de la toucher, et plus la torture s'aiguiserait. C'était la seule explication pour une telle alchimie, alors qu'il n'avait rien en commun avec elle, qu'il n'avait jamais ressenti une telle attirance. Et plus vite il couperait court à leur relation, mieux il se porterait. Il arrêterait de perdre son temps à analyser ses propres sentiments, tout du moins.

De son côté, Amy se dépêcha de nettoyer la salle d'opération, se jeta dans la douche, puis courut pieds nus à l'étage

46

pour s'habiller. Allait-il encore l'emmener au restaurant ? Elle n'avait pas pensé à poser la question. Un pantalon et un T-shirt seraient trop décontractés, mais elle n'avait pas grand-chose d'autre dans sa garde-robe. Elle avait déjà rendu tous ses vêtements à Gemma. Elle finit par opter pour son jean le plus flatteur, et un top pailleté qu'elle avait acheté pour la fête de Noël du refuge l'année précédente. Elle sécha ses cheveux puis enfila ses baskets. La sonnette retentit avant qu'elle ait le temps de toucher à sa maigre trousse à maquillage et elle grogna tout bas. En désespoir de cause, elle frotta ses joues et sa bouche pour leur donner un peu de couleur. Sev était toujours magnifique ; elle voulait lui montrer qu'elle pouvait faire des efforts, elle aussi.

Et Sev ne manqua pas de confirmer ses attentes. Vêtu d'un élégant costume noir soulignant parfaitement sa taille haute et sa silhouette musclée, il avait choisi une chemise rouge sombre qui rehaussait sa peau olivâtre et le noir brillant de ses cheveux. Une barbe naissante ombrait sa mâchoire aiguë et accentuait ses pommettes aristocratiques. Sa bouche sensuelle s'incurva sur un demi-sourire, et Amy sentit ses genoux flageoler. Elle le suivit jusqu'à la limousine et poussa une exclamation de surprise en découvrant que Harley les attendait à l'intérieur.

— Tu l'as emmené ?

— Harley est très nerveux quand je le laisse tout seul. Le vétérinaire pense qu'il souffre d'angoisse de séparation parce que son premier maître a disparu si brusquement de sa vie. J'essaye différentes stratégies pour qu'il dépasse sa peur.

— Oh ! il a eu de la chance de tomber sur toi, dit Amy en caressant le chien à ses pieds. Il a l'air détendu, là.

— Oui, et ma sœur m'a proposé de s'occuper de lui quand je dois voyager.

— Tu as déjà tout prévu, je suis heureuse pour lui.

Elle se laissa aller contre la vitre et regarda passer la rue décorée et ses vitrines illuminées.

— J'adore Noël. Les fêtes me rendent heureuse.

— Pas moi. Dans ma famille, ce n'était jamais très drôle pour les enfants. Noël était un divertissement formel, et juste pour les adultes.

Amy hocha la tête, pensive.

— Oh ! chez moi non plus. Ma mère ne voulait pas célébrer les fêtes de fin d'année. Mais ça ne m'a pas découragée. Je sais que c'est une fête très commerciale, à notre époque, mais j'adore les aspects les plus traditionnels. Les chorales, les décorations artisanales. Les gens sourient plus à cette époque de l'année. Les enfants sont si excités…

— Il n'y a pas d'enfants dans ma vie, déclara Sev avant de froncer les sourcils. Enfin… Pas encore. J'aurai une nièce ou un neveu l'année prochaine. Ma sœur est enceinte.

— Oh ! c'est merveilleux.

Il secoua la tête avec un demi-sourire amer.

— Parfois, tu es un peu naïve, *gioia mia*. Annabel n'a pas de partenaire pour la soutenir, elle n'a personne d'autre que moi. Notre famille était tout pour elle, mais ils lui ont tourné le dos en apprenant sa grossesse. C'est une période très difficile pour elle.

— Mais elle n'est pas toute seule tant qu'elle t'a, toi, et elle aura bientôt son bébé avec elle, rétorqua Amy sans se démonter. Toutes les situations ont des bons et des mauvais côtés. Tout ce qui compte, c'est la perspective que tu choisis d'adopter.

Sev haussa un sourcil amusé, ses magnifiques yeux de bronze scintillant de sarcasme.

— Je suis plus pragmatique.

— Clairement.

À cet instant, la limousine s'immobilisa, et Sev sortit pour venir lui ouvrir la portière ; ébahie, Amy leva les yeux sur une sublime maison de ville.

— C'est… C'est ici que tu habites ?

— J'aime vivre en centre-ville, répondit-il avec décontraction.

Amy déglutit difficilement et le suivit sur les hautes marches

48

de l'élégante propriété, une magnifique bâtisse géorgienne qui devait avoir coûté des millions. De nouveau, le fossé financier et social qui les séparait menaça de l'engloutir. Bien sûr, elle avait compris qu'il avait une bonne situation en voyant sa limousine et son chauffeur, et qu'il venait d'une famille riche en écoutant ses anecdotes, mais elle avait espéré que la voiture était son véhicule de fonction. Un avantage professionnel plutôt qu'une dépense personnelle. Sa maison ne lui laissait plus aucun doute : Sev était de toute évidence extrêmement riche. Elle le précéda dans un grand hall exquisément décoré, où une femme d'âge mûr les accueillit poliment avant que Sev lui demande de leur servir à dîner. Elle cligna des yeux. Il avait même des domestiques…

Elle allait devoir prendre sur elle. Harley les guida tranquillement dans un superbe salon aux meubles contemporains, puis bondit sur le luxueux sofa. Sev prononça quelques mots en allemand, et le chien se releva lentement et s'allongea sur le tapis.

— Il n'est pas encore parfait, commenta Sev. Mais il fait des efforts. Assieds-toi, je t'en prie.

Sev s'installa près de la cheminée, absolument sublime dans la lumière pourpre du feu. Chaque fois qu'elle lui jetait un coup d'œil, elle sentait ses joues s'empourprer et son corps s'embraser. Il lui proposa un verre, mais elle préféra refuser. Après sa journée de travail, elle s'endormirait sans transition si elle buvait l'estomac vide. La femme qui les avait accueillis les rejoignit bientôt avec un plateau lourd de victuailles délicates, puis leur apporta chacun un café fort et intense, exactement ce dont elle avait besoin pour rester alerte.

Harley s'installa à ses pieds et poussa sa cheville du front, en quête de nourriture et de caresses. Comme Sev le dressait consciencieusement, elle ne lui donna rien de son assiette, mais elle se baissa pour gratter ses oreilles soyeuses.

Sev l'examinait en amenant sa tasse à ses lèvres. Elle était si douce avec ce chien. Il n'avait jamais observé une tendresse aussi innée, sauf peut-être chez Annabel. Pour

49

être parfaitement honnête, il avait toujours considéré ce trait comme un danger ; une porte ouverte à la souffrance. Et il ne s'était pas trompé ! On avait abusé de sa confiance à la première occasion, et Amy...

— Tu n'as pas faim ? s'enquit-elle en voyant qu'il ne touchait pas au plateau. Désolée, je suis affamée...

Elle avait déjà bien attaqué les petits fours.

— Aucun problème. J'ai juste mangé plus tôt dans la soirée.

Alors que Sev déposait sa tasse vide sur le plateau, l'étoffe fine de son pantalon se tendit sur ses cuisses musclées ; de nouveau, une chaleur torride monta en elle. Il avait un corps magnifique. Oh ! pourquoi pensait-elle à des choses pareilles ? Elle n'avait jamais été aussi *consciente* du physique d'un homme. Elle était captivée. Irrésistiblement, son regard glissait toujours vers lui. Sev irradiait tout simplement de sensualité.

Son portable sonna, et il le sortit de sa poche avec un froncement de sourcils.

— Je suis navré, il faut que je prenne l'appel...

Elle le suivit du regard tandis qu'il traversait la pièce, fascinant de grâce. Il s'entretint à un homme qu'il appelait Ethan, visiblement surpris de son appel. La conversation devint très vite abrupte. Sev lança quelques questions inquiètes. Apparemment, une femme était malade, ou blessée... L'anxiété froissa son beau visage sombre, et il déclara qu'il serait très vite à l'hôpital.

Amy bondit sur ses pieds.

— Je vais rentrer chez moi. Tu as une urgence, et je...

— Non, grogna Sev. Tu peux m'accompagner. Je ne sais pas comment gérer cette situation. C'était un ami de la famille. Ma sœur est à l'hôpital, sous observation. Elle est tombée et il se pourrait qu'elle fasse une fausse couche.

— Oh mon Dieu, je suis navrée ! Pourquoi voudrais-tu que je t'accompagne ? Je ne peux pas m'imposer...

Blême et agité, Sev secoua la tête.

— Je ne sais pas quoi faire, je ne sais pas quoi dire... Et je sais que tu sauras m'aider. Je ne veux pas la blesser. Ethan dit qu'elle est complètement paniquée, qu'il faut l'aider à se calmer. Elle est très émotive…

— Qui est Ethan ?

— Un ami, un docteur. Elle l'a appelé pour lui demander des conseils quand elle a commencé à saigner, et il l'a fait admettre dans son hôpital, mais il n'est pas obstétricien. Je l'ai autorisé à faire venir un consultant.

Sev soupira et frotta fébrilement son visage.

— Je suis navré, je ne voyais pas vraiment la soirée se terminer comme cela.

Amy hocha la tête avec un soupir.

— De ce que je sais, il n'y a pas vraiment de garantie pour ce genre de choses. Il faut juste… attendre. Mais allons-y, je suis là pour toi.

4.

La sœur de Sev avait été admise dans une clinique, privée, installée dans un bâtiment high-tech construit récemment. Grandes fenêtres étincelantes, et une myriade d'employés affairés. Un jeune homme aux cheveux sombres, Dr Ethan Foster, les accueillit dès leur arrivée. Il semblait bien connaître Sev et Annabel ; Amy resta à l'écart, mal à l'aise, pendant qu'Ethan résumait la situation à Sev et lui donnait le détail de l'accident. Ils parlaient à voix basse. Sev releva brusquement son menton orgueilleux, un muscle furieux battant dans sa mâchoire ciselée.

Elle détourna les yeux, gênée. Oh ! elle n'avait rien à faire ici ! C'était de toute évidence une affaire de famille. Pourquoi Sev avait-il insisté pour qu'elle l'accompagne ? Elle ne pouvait pas rester. Elle ne voulait même pas s'imposer auprès de sa pauvre sœur, qui serait sans doute plus bouleversée encore de voir une inconnue à son chevet. Elle fronça les sourcils. Quand Sev prit le chemin de l'ascenseur, elle le suivit, déterminée à lui tenir tête.

— Qu'est-ce qui se passe ? s'enquit-elle.

— Je t'expliquerai plus tard, dit-il, le visage sombre. Pour l'instant, je veux garder mon sang-froid pour voir Annabel. Elle n'a pas besoin que je me mette à insulter l'homme qui l'a mise enceinte. Ce n'est pas le moment. Et elle sait déjà qu'elle a choisi une ordure, qui plus est.

À leur arrivée, Sev s'élança à grands pas dans le couloir

immaculé. Il entra sans frapper dans la chambre d'Annabel, où Amy pouvait déceler un bruit de sanglots étouffés. Restée dans le couloir, elle se tourna vers Ethan.

— C'est ma faute, grimaça-t-il. Je ne savais pas qu'Annabel et ses parents étaient en froid, donc c'est eux que j'ai appelés en premier. Je les ai laissés lui parler en pensant qu'ils la rassureraient, mais… Ils ne veulent pas qu'elle garde le bébé. Elle n'avait certainement pas besoin de les entendre se féliciter de sa chute.

— Oh ! non, murmura Amy en levant une main à ses lèvres. Quelle horreur, elle doit souffrir terriblement. Je crois que Sev est son seul soutien.

— Il n'a jamais été très… expressif. Il risque d'avoir des difficultés à gérer l'émotion de sa s…

Il s'interrompit, coupé par une voix féminine qui enflait à l'intérieur de la chambre :

— Admets-le, Sev ! Tu es d'accord avec eux, c'est ça ? Tu penses que si je perds le bébé, tout ira mieux pour moi ! Tout ira mieux pour *tout le monde* !

Elle croisa le regard d'Ethan, qui avait pâli.

Sev ne méritait pas cette accusation. Il était si inquiet pour sa sœur… Poussée par la compassion, incapable de rester à l'écart alors que Sev avait besoin d'elle, Amy entra dans la pièce à son tour.

— Non, Sev est dans ton camp, murmura-t-elle en contournant Sev pour se poster près du lit.

Sur le lit, couchée, une jeune femme blonde au visage rosi de larmes leva vers elle un regard perdu. La différence entre elle et Sev était effarante : avec ses yeux bleu clair, sa peau laiteuse et ses cheveux pâles, Annabel n'avait aucun point commun avec son frère, si brun et si hâlé.

— Que… Et qui es-tu, exactement ?

— Juste une amie. Je m'appelle Amy.

— Je n'ai *pas* d'amis, siffla Annabel. Comme tu peux le voir, je n'ai pas d'autres visiteurs que mon frère. Et comme j'ai probablement aussi perdu mon bébé…

— Attendons les résultats, d'accord ? proposa Amy d'une voix apaisante. Il est trop tôt pour songer au pire.

Fasciné, Sev regarda Amy calmer sa sœur petit à petit, sans autres armes que sa voix douce et sa main dans la sienne. La panique d'Annabel sembla refluer presque instantanément. En quelques minutes, sa sœur avait cessé de pleurer et partageait avec eux les événements de la soirée. L'estomac de Sev se retourna lorsqu'elle mentionna les symptômes qui l'avaient poussée à appeler Ethan. Il se posta vers la porte, chamboulé. Annabel proposa à Amy de prendre place près d'elle et envoya Sev faire du thé.

— Décaféiné, précisa-t-elle. Je ne veux prendre aucun risque.

— Tu as raison, approuva Amy.

— Tu as un enfant ?

— Non. Pour l'instant, mon chien est mon enfant de substitution, plaisanta Amy.

Elle prit le temps de décrire Hopper et Kipper à Annabel, puis lui expliqua qu'elle était avec Sev quand Ethan l'avait appelé. Annabel écarquilla les yeux, circonspecte.

— Ne le prends pas mal, mais tu n'es pas vraiment le genre de mon frère.

— Non, je m'en doute, mais… J'attends de voir où nous allons.

Annabel lui expliqua ensuite que le père de son bébé, qu'elle appelait Olly, ne voulait pas reconnaître son enfant. Leur relation était fondée sur le mensonge et s'était terminée amèrement. Pour essayer d'arranger les choses, Annabel avait accepté de le revoir ce soir-là – mais la soirée avait rapidement tourné au vinaigre, et elle l'avait planté là, au milieu de leur dispute. En fuyant ses insultes, elle avait glissé sur le perron du restaurant et était tombée sur quelques marches. Amy écouta son histoire avec sympathie. Annabel se calma tout à fait et serra doucement sa main.

Le consultant n'arriva qu'après minuit, mais il était amical, décontracté et pragmatique. Il prit la situation en main sans effort. Quand on apporta enfin le scan dans la chambre, Annabel peinait à garder les yeux ouverts. Amy proposa de s'éclipser, mais la sœur de Sev prit sa main et la supplia de rester.

Pendant que le consultant s'installait au chevet du lit, Sev, sur le pas de la porte, baissa le regard vers elle et lui offrit un sourire. Un sourire... sublime, si sublime qu'il la toucha en plein cœur et lui coupa le souffle. C'était la première fois, songea-t-elle, qu'elle voyait sur le visage de Sev une expression si sincère, sans aucune trace de méfiance ou de retenue. Elle se sentit rougir et détourna bien vite le regard.

Le scanner afficha le pouls clignotant du bébé et Annabel poussa un cri de joie et de soulagement.

— Il est l'heure de rentrer, murmura Sev après avoir discuté quelques minutes avec le consultant dans le couloir.

Amy cacha un bâillement coupable derrière sa main. Une fois à l'abri des oreilles indiscrètes, elle souffla :

— Tu étais très en colère avant de voir ta sœur.

— Ethan m'a expliqué ce qui s'était passé avec le père du bébé. Ce bâtard n'arrête pas de harceler Annabel. Il l'appelle tous les jours. Il l'a convaincue de le revoir. Bien sûr, il voulait la menacer. Elle aurait pu être bien plus gravement blessée. Le pire aurait pu arriver, et je...

Il serra les dents, bouillonnant de rage difficilement contenue. Ses pommettes hautes s'étaient colorées, et ses poings restaient crispés. Amy poussa un soupir.

— Je suis désolée. Ce type est une ordure.

Sev hocha la tête. Lorsqu'il avait vu le visage blême et tiré de sa sœur, son regard hanté par la souffrance, il avait failli perdre son légendaire self-control. Il aurait tout donné pour rendre une petite visite à Lawson et lui envoyer son poing dans la figure. Mais la revanche était un plat qui se mangeait froid, et attaquer ouvertement le tortionnaire de sa sœur aurait brisé ses plans. Il ne pouvait pas révéler qu'il était le frère d'Annabel, pas avant le cocktail des Lawson.

Jamais il ne serait convié chez eux, dans le cas contraire. Il était toujours silencieux, et encore vibrant de colère, quand ils débouchèrent dans la nuit froide.

— C'est fini, maintenant, Sev. Elle et le bébé vont bien, murmura-t-elle d'une voix rassurante.

— Mais ils n'auraient jamais dû être en danger ! Il sait qu'elle est enceinte. Il n'aurait jamais dû lui faire une scène. Il n'aurait jamais dû la menacer.

Son regard brûlait comme du bronze en fusion, mais Amy le soutint sans difficulté. Pour toute sa froide sophistication, Sev était un homme passionné, tourmenté par des sentiments profonds et des liens solides. Elle voyait maintenant le brasier sous le vernis du raffinement. Elle avait été mal à l'aise, face à son détachement de façade ; devant l'éclat de son émotion, et de son amour pour sa sœur, cependant, elle se sentait à sa place. Elle voyait le véritable Sev, à cet instant. Son masque ne pouvait pas cacher la vérité, pas quand son instinct protecteur prenait le pas sur sa retenue habituelle.

— Non, tu as raison. Ils n'auraient jamais dû être en danger. Mais j'imagine que tu as déjà un plan pour t'assurer que cela ne se reproduise plus ?

Sev hocha la tête, les lèvres plissées.

Après la soirée de Noël, Lawson garderait ses distances, il en était absolument certain. Il ne toucherait plus jamais à un seul cheveu d'Annabel. Il serait trop occupé à limiter les dégâts qu'une révélation comme l'existence d'Amy déchaînerait dans son cercle social. La haute société anglaise punissait sévèrement l'indiscrétion et la vulgarité.

Il aida Amy à grimper dans la limousine et s'assit auprès d'elle.

Dans la pénombre de l'habitacle, il croisa ses beaux yeux violets et y trouva une admiration sincère.

Une convoitise dévorante le foudroya et l'engloutit ; dans ses veines, le sang pulsait, fiévreux. Il brûlait de la toucher enfin. Il ne voulait pas qu'elle le quitte, pas tout de suite.

Peut-être était-ce parce qu'il avait partagé avec elle une facette secrète de sa vie. Il se sentait soudain si proche d'elle, incapable de la laisser partir.

— Reste avec moi ce soir, murmura-t-il.

5.

Amy aurait pu fondre de surprise – non, de plaisir, aussi. Sev ressentait la même intense affinité qu'elle. Pour la première fois, le sexe lui semblait être l'étape la plus naturelle qui soit. Elle rougit sous son regard intense, frappée par l'ardeur torride de sa demande ; et, comme s'il avait lu en elle, il se pencha soudain et l'embrassa.

Une impatience brûlante frissonna dans les profondeurs de son âme. Contre lui, ses cuisses tremblèrent. Elle répondit à son baiser avec ferveur. Lorsqu'il se détacha pour reprendre son souffle, la chaleur de son expiration saccadée frôla sa joue comme une caresse. Il releva sa tête brune et fière, les yeux étincelants comme de la poussière d'étoiles sur une nuit de velours.

— Je te veux à m'en faire mal, *mia piccola*.

Sev ne pouvait plus lutter. Il pouvait bien envoyer valser sa retenue et son bon sens. Pourquoi s'évertuait-il à résister à des instincts naturels ? Le sexe ne voudrait rien dire de plus que leur plaisir mutuel. Elle le désirait tout autant que lui ! Il savait, au fond de lui, qu'il cherchait à se dédouaner, mais il était trop avide d'elle pour se concentrer sur la morale. Il prit de nouveau ses lèvres pulpeuses comme des fruits mûrs et se laissa sombrer dans la tiédeur sucrée de sa bouche. Amy était tendre comme du miel. Elle était petite et délicate dans ses bras. Et pourtant, elle l'affectait plus qu'il ne l'avait jamais été ; c'était une force de la nature sous son visage d'adorable poupée.

Amy n'avait jamais connu une telle passion – des baisers qui la consumaient jusqu'aux entrailles. Elle n'avait jamais assez de Sev ; elle voulait aller toujours plus loin. La caresse ferme de ses mains puissantes par-dessus ses vêtements était une torture. Elle voulait ses doigts sur sa peau nue. La fièvre monta en elle et avala les derniers vestiges de ses hésitations. Il ne servait à rien de réfléchir. Elle n'aurait jamais imaginé, jamais rêvé qu'un homme puisse la bouleverser aussi intensément que Sev. Et c'était mutuel, elle en était certaine ; elle sentait leur lien, électrique, inextinguible. Son cœur battait à tout rompre, son sang chantait dans ses veines.

— D'accord, murmura-t-elle avec une assurance qu'elle ne se connaissait pas. D'accord, je reste.

Elle avait du mal à croire à sa propre audace. Elle n'était pas vierge parce qu'elle se réservait pour le mariage, ou quelque chose comme cela ; elle avait simplement voulu attendre un homme avec qui elle se sentirait bien, et qu'elle désirait réellement. C'était le cas avec Sev. Et elle l'appréciait. Elle le respectait. Il était spécial. La façon dont il prenait soin de Harley, son soutien et son amour pour sa sœur, l'indifférence qu'il avait pour leurs différences d'éducation, d'environnement et de situation… Elle ne pouvait s'empêcher de songer qu'il était extraordinaire. Et qu'elle pouvait lui faire confiance.

Sev referma le bras autour de ses épaules fines et l'attira tout contre lui. Il inspira profondément. Il devait garder le contrôle, un tant soit peu. Il n'avait jamais été aussi près de faire l'amour dans sa limousine. Son érection le faisait souffrir le martyre. Vraiment ! Coucher avec elle dans sa limousine, comme un vulgaire coureur… Il était abasourdi de se sentir si impatient, si frissonnant, terriblement tenté de faire basculer Amy sur la banquette malgré ses bonnes résolutions. Pourquoi son corps réagissait-il ainsi ? Elle rentrait avec elle ! Il pouvait se détendre, il pouvait attendre…

Amy se pelotonna dans la chaleur rassurante de son étreinte, l'esprit en ébullition. L'anxiété commençait à l'assaillir. Elle n'avait pas l'habitude de prendre des décisions hâtives, pas à propos de quoi que ce soit, pas à propos de *qui* que ce soit. Elle avait appris très tôt que l'indépendance avait un prix. La vie l'avait rendue prudente. Elle était mature et réfléchie. Mais, au fond, dans le secret de son cœur, qu'elle n'avait jamais senti frémir ainsi, elle savait qu'elle était en train de tomber amoureuse de Sev. Amoureuse d'un homme dont elle ne savait pas épeler le nom de famille. Elle était ridicule, et pourtant… Pourtant, la puissance de ses sentiments ne lui laissait aucun doute. Elle avait peur de cette ferveur, mais elle n'avait jamais été lâche, et elle ne commencerait pas maintenant. Sev lui avait montré qu'il était digne de confiance. Elle ne remettrait pas en cause son instinct sous prétexte que la vie n'avait pas toujours été tendre avec elle.

Les longs doigts hâlés de Sev relevèrent son menton. Elle plongea dans l'or liquide de ses yeux si fascinants. Il l'embrassa de nouveau, lentement cette fois, si langoureusement qu'elle en eut le vertige. Il mordilla sa lèvre inférieure, séducteur, enchanteur, avant de prendre sa bouche. Elle était terriblement excitée, terriblement frustrée, et un vertige faisait trembler ses genoux lorsqu'il l'attira enfin hors de la voiture.

Dès qu'ils entrèrent dans la lumière tamisée du hall désert, Sev la pressa contre le mur et captura de nouveau ses lèvres. Le pouls enflammé qui battait entre ses cuisses s'accrut, entêtant, douloureux, jusqu'à la rendre folle de convoitise.

— *Dio*…, murmura Sev en la soulevant contre lui.

Le relief dur de son désir entre ses cuisses la brûla comme un fer rouge, une raideur inflexible à l'endroit où elle se languissait de lui. Elle se pressa contre lui avec un soupir avide. À la fois soulagée et attisée. Presque aussitôt, il la fit basculer dans le berceau de ses bras.

— Tu ne peux pas me porter ! s'exclama-t-elle.

— Bien sûr que si, dit Sev en allant sans effort vers l'escalier. Tu es minuscule et tu ne pèses rien. J'ai attendu toute ma vie de rencontrer une femme que je pouvais porter aussi facilement qu'un petit colis.

Elle rit contre son épaule.

— C'est censé être un compliment ?

Mais, sous le voile de l'humour, elle était touchée. De son rire, de sa tendresse. Il était aussi enthousiaste d'être auprès d'elle qu'elle l'était auprès de lui. Elle ne comprenait pas, pourquoi ; Sev était sublime et si séduisant. Comment pouvait-il ressentir la même chose qu'elle ? Pourquoi lui avait-il accordé un regard ? C'était un miracle, une plaisanterie du destin, un sortilège aussi merveilleux qu'inattendu après une vie de déceptions. Magique, et plus magique encore lorsqu'il la fit basculer sur son lit immense, trônant au milieu d'une chambre magnifiquement décorée. Alors qu'il baissait les lumières, elle admira les couleurs subtiles de la pièce, la lourde texture des rideaux et les meubles contemporains et épurés. Mais à travers son émerveillement, une pointe d'inquiétude perçait toujours ; son raffinement, son opulence lui semblaient toujours si éloignés d'elle. Elle vivait dans le débarras d'un refuge pour animaux ! Elle se lavait dans les vestiaires de l'infirmerie ! Son monde était ordinaire et terne. Tous les mois, elle avait des difficultés à payer ses factures. Elle savait que la richesse ne faisait pas tout et que Sev avait surmonté des obstacles, lui aussi. Cependant, elle était consciente, soudain, qu'elle connaissait bien peu de choses sur la façon dont il menait sa vie. Elle voulait en savoir plus. Elle voulait tout savoir de lui. Elle voulait le connaître plus intimement que quiconque.

— Tu as l'air si sérieuse et si inquiète, d'un seul coup, remarqua Sev avec un demi-sourire.

Il laissa son regard courir sur ses traits délicats. Comment avait-il jamais pu penser qu'il parviendrait à lui résister ? Elle était si belle qu'il passait son temps à la boire des yeux. Se découvrir capable d'un tel élan était une excitante surprise. Il aurait pu se perdre en elle, alors qu'il ne s'était jamais perdu.

Il retira sa veste puis s'abaissa sur elle pour enlever ses baskets et ses chaussettes, exhibant ses petits pieds.

Elle se redressa sur le lit, intimidée par son approche.

— Je ne suis pas inquiète, mentit-elle.

Elle n'avait pas l'intention de lui avouer qu'il était son premier amant. Il risquerait de faire marche arrière. Ou de la penser immature. La plupart des femmes de son âge avaient déjà de l'expérience. Mais il avait raison : elle était nerveuse, horriblement consciente d'elle-même, de son corps, de son malaise et de son désir. Et si elle se ridiculisait ? Prétendre être assurée et détendue n'avait jamais été son point fort.

— Mais tu es toujours trop couverte, souffla Sev en s'abaissant sur le lit pour faire glisser son jean le long de ses cuisses.

Amy frissonna, soudain glacée dans la chambre tiède, la peau hérissée de chair de poule. Un genou sur le matelas, Sev glissa une grande main dans ses cheveux et la souleva contre lui avant de l'embrasser à nouveau. Sous sa bouche affamée, elle gémit doucement, un son venu des profondeurs de sa gorge, un écho de sa propre convoitise.

Il retira son T-shirt avec plus de douceur qu'il ne s'en serait cru capable. Il se contrôlait encore, tant bien que mal. Ses seins étaient ronds et pulpeux, irrésistibles dans leurs bonnets ourlés de dentelle, et il inspira profondément. Il recula, juste une seconde, et retira sa chemise d'un mouvement preste.

Amy déglutit difficilement. Les muscles durs de Sev ondoyaient avec chaque geste félin. Elle inspira, captivée par son torse dur, par l'odeur masculine et épicée de sa peau. Elle aurait voulu enfouir son nez dans la courbe de son cou et rester pelotonnée là, pendant des heures. Elle se sentit rougir, terriblement vulnérable, dans cette chambre inconnue, sous ses yeux de bronze. Mais elle soutint son regard sans ciller.

— Tu as des yeux magnifiques, *piccola mia*, souffla-t-il.

Le soutien-gorge tomba à son tour, et ses mains hâlées se refermèrent sur ses seins. Quand ses pouces tièdes frottèrent ses tétons déjà crispés, elle laissa échapper un gémissement.

— Mais de quoi as-tu peur ?

— Je n'ai pas peur ! rétorqua-t-elle. Pourquoi tu dis ça ?

Sous sa paume, son cœur battait la chamade, frémissant d'émotion. Il la fit basculer sur les coussins. Il attira un téton rose entre ses lèvres et le taquina jusqu'à ce qu'elle s'arque à lui et tremble dans ses bras, haletante. Une corde brûlante se tendait et se tendait au fond d'elle, prête à craquer. Chaque nerf était en feu sous sa chair. Les longs doigts de Sev remontèrent le long de sa cuisse, pleins de promesses.

Sev enleva le reste de ses vêtements à la hâte, l'esprit enfiévré par un désir aussi cataclysmique qu'une onde de choc. Il reprit son exploration vorace alors qu'elle ondulait sous lui, chaque réaction une nouvelle et délicieuse torture. Elle avait la peau douce comme de la soie. Soudain, plus rien ne lui importait que de s'enfouir enfin en elle, assouvir enfin la faim qui l'avait irrésistiblement poussé jusque-là. Sous sa culotte, il la trouva déjà prête à l'accueillir. Le souffle court, il fit glisser la dernière barrière d'étoffe le long de ses jambes laiteuses. Il mourait d'impatience. Il la voulait immédiatement.

Mais, à la dernière seconde, il brida violemment son premier instinct. Il s'était toujours considéré comme un amant lent et généreux. Il n'allait pas contourner ses principes ce soir – pas avec elle.

Il écarta ses cuisses et posa sa bouche sur elle.

Le plaisir submergea Amy avec la force d'un véritable déluge. Comment pouvait-il… Sa timidité innée luttait encore contre son désir, et, pendant une seconde, elle envisagea presque de l'arrêter, de se redresser, mais non – elle capitula sous l'assaut de la plus pure des excitations, une extase croissante et aiguë, si sublime que rien n'aurait pu la convaincre d'y mettre fin. Elle se laissa sombrer sous l'expertise de ses doigts, de sa bouche, de sa langue, jusqu'à ce que son corps entier s'abandonne ; l'orgasme se déchaîna en elle et se brisa sous ses paupières comme une pluie d'étoiles.

Il remonta sur elle, souple comme une panthère. Il la pressa contre lui avant de la pénétrer avec un grognement de plaisir. Une douleur aiguë perça sa brume céleste, et elle serra les dents contre son épaule brune. Mais la souffrance reflua bientôt et se mua en vague malaise, balayée par la nouveauté de l'expérience, par l'incroyable intimité des mouvements de Sev, contre elle, autour d'elle, en elle.

Son corps s'était étiré pour l'accueillir et la légère brûlure que provoquaient ses coups de reins était étonnamment excitante. Sa chair était de nouveau prête à s'embraser, éveillée à l'effervescence par le stimulus de leur rythme commun. Une soif douloureusement intense fleurit de nouveau dans son cœur et dans son ventre. Ses hanches basculèrent à sa rencontre, guidées par le corps de Sev, jusqu'à ce qu'il l'entraîne avec lui, encore et encore, explosif, dévorant, ravageur, jusqu'aux cimes de la jouissance.

Elle retomba sur le lit, épuisée.

À côté d'elle, Sev s'accorda un instant de béatitude… Mais il se redressa presque aussitôt. *Dio*. Il ne s'était pas protégé.

— Je… Je ne sais pas ce qui m'a pris, dit-il d'une voix encore rugueuse de plaisir. Je n'ai pas mis de préservatif. Je suis désolé, je n'ai jamais…

Amy ouvrit une paupière et sourit légèrement.

— Ne t'inquiète pas, je prends la pilule.

Il fronça les sourcils. Malgré l'assurance d'Amy, il était choqué de s'être laissé aller de cette façon.

— Et je suis en parfaite santé. Je n'ai jamais eu de relations sans protection, tu ne risques rien.

— Oh. Et tu ne risques rien parce que je n'ai jamais eu de relations tout court.

Elle avait parlé d'une voix encore languide de fatigue, mais Sev accusa le choc et écarquilla les yeux.

— Quoi ? Jamais ?

Oh… Non. Amy grimaça. Elle n'avait pas eu l'intention de laisser échapper cet aveu. Elle retomba brutalement sur Terre et pinça les lèvres.

— Tu étais vierge ? insista Sev.

— Peu importe, il faut bien commencer quelque part, marmonna Amy. Ne m'embarrasse pas en y accordant trop d'importance, d'accord ?

Sev étouffa un soupir. Il n'arrivait pas à croire qu'elle ne lui en avait pas parlé au préalable. Mais il ne pouvait pas vraiment lui faire la leçon alors qu'il n'avait pas pris les précautions les plus élémentaires lui-même. Il ferma les yeux, une seconde, le temps de calmer les battements effrénés de son cœur.

Il valait mieux changer de sujet. Il aurait matière à réfléchir, plus tard, lorsqu'il serait seul.

— Tu veux prendre une douche ?

— Non… Je crois que je devrais rentrer chez moi. J'ai une douche là-bas, répondit Amy, consciente de la tension qui craquelait entre eux, et soudain impatiente de partir.

— Amy… Je suis désolé. Je veux que tu passes la nuit ici.

Elle leva les yeux vers lui. Était-il… en train de rougir ? Elle ramena la couverture sur sa poitrine, surprise.

— Vraiment ?

— Vraiment, dit-il sans une once d'hésitation.

C'était la première fois qu'il proposait à une femme de rester. Jamais… Jamais il n'avait été tenté de faire une chose pareille. Non, d'habitude, il allait chez ses amantes. Sa chambre était un endroit privé. Il ne comprenait pas ; pourquoi était-il si torturé par le besoin viscéral d'avoir Amy auprès de lui ? Peut-être parce qu'il n'avait jamais pris autant de plaisir avec qui que ce soit. L'attrait de la jouissance était une tentation puissante.

Il l'attira dans ses bras et l'embrassa lentement.

— J'aimerais t'inviter à une soirée, la semaine prochaine.

— Une soirée ?

Amy se pelotonna contre lui. Dans ses bras, elle se sentait en sécurité, plus tiède et plus tendre qu'elle ne l'avait jamais été. Elle s'était attendue à le voir prendre ses distances après le sexe. Se draper de froideur, peut-être. Mais il la serrait contre lui avec chaleur, et cette invitation… Il voulait la revoir. Elle sourit contre sa peau.

— J'adorerais t'accompagner.

— Il y a une condition, cela dit. C'est une soirée très sophistiquée. J'aimerais que tu me laisses t'acheter une robe pour l'occasion.

65

Elle rouvrit les yeux, interloquée.

— Oh non ! Je ne peux pas te demander une chose pareille.

— Tu ne pourrais pas venir, dans le cas contraire, et ce serait dommage pour nous deux, non ?

Il la fit basculer sous lui. Son souffle chaud caressa ses lèvres.

— Juste une robe, Amy. C'est tout.

Son cœur battait la chamade, électrifié par le poids de son corps sur le sien. Elle chercha son regard de bronze, si beau, si étincelant, souligné par ses longs cils épais.

— Mais je ne peux pas te demander de payer…

— Tu ne demandes rien. C'est moi qui propose.

— Je peux louer une robe ! fit-elle alors qu'il écartait ses jambes à l'aide de son genou.

— Je prendrai rendez-vous avec une styliste que je connais bien. D'accord ?

Il ne l'avait pas lâchée des yeux. Son érection se pressait dans le creux frémissant de ses cuisses. Une cascade de désir ruissela, au bas de son ventre, et la fit trembler sous lui.

— Hum. D'accord, marmonna-t-elle, parfaitement incapable d'argumenter plus longtemps.

Ses dents taquinèrent sa lèvre, et elle sentit son corps renaître et pulser, tourmentée par son parfum et ses caresses.

— Je te veux encore, souffla-t-il. Est-ce que tu en as envie, ou c'est trop tôt ?

— Oui, oui… Non, ce n'est pas trop tôt…

Elle enroula les bras autour de sa nuque et enfouit les doigts dans ses boucles brunes. Elle était plus à l'aise avec lui qu'elle ne l'avait jamais été, intime maintenant, fiévreuse. Beaucoup de choses avaient changé entre eux ce soir. Elle n'avait jamais été si proche de quiconque, et elle était heureuse d'avoir suivi ses instincts, de s'être donnée à l'homme qui méritait toute sa confiance.

6.

Quand Amy revint dans la chambre, Gemma se mit à enchaîner les photos avec un rire d'admiration.

— Je ne plaisante pas, tu es magnifique ! s'exclama la rouquine. Cette robe est sublime !

Gemma avait offert de l'aider à se maquiller, et Amy s'assit devant le bureau couvert de produits avec une grimace.

— Je ne sais toujours pas combien elle a coûté, et franchement… j'ai peur de poser la question. Il n'y avait même pas d'étiquette sur les vêtements, dans cette boutique.

— Et alors ? dit Gemma en attrapant un pinceau. Il est très riche, Amy. S'il a envie de t'emmener à une soirée de luxe, cela lui fait sûrement plaisir de t'habiller.

Amy hocha la tête, hésitante. Elle aurait aimé partager l'opinion pragmatique de son amie. Elle tendit les jambes et admira encore une fois le violet sombre et étincelant de ses chaussures à talons aiguilles.

— Tu as raison… Tout le monde devrait pouvoir jouer à Cendrillon, un soir dans sa vie.

Elle inspira profondément, puis baissa les yeux sur son décolleté, mis en valeur par le bustier rigide de la robe.

— Tu es sûre que ce n'est pas trop osé ?

— Mais pas du tout ! Si tu as ce qu'il faut, montre-les. Et j'adore la couleur… C'est très différent de ce que tu portes d'habitude, mais ça te va vraiment à ravir, Amy.

— Oui, je m'attendais à ce que la styliste me propose des petites robes noires, pas quelque chose d'aussi… magique.

Les jupons éthérés ruisselaient jusqu'à ses chevilles, légèrement brillants sous la lumière du plafonnier, et d'un violet aussi profond qu'une nuit d'été.

— J'espère que Sev va aimer.

— Tu plaisantes ? Il va tomber par terre. Et le manteau…

Gemma recula, satisfaite de ses dernières retouches maquillage, puis lui tendit la longue veste de soie.

— Avec les chaussures et le petit sac, la tenue est tout simplement magnifique. Tout le monde va t'admirer.

— Je ne veux que l'admiration de Sev, grimaça Amy.

Depuis une semaine, elle n'avait pensé qu'à la nuit qu'elle avait passée dans ses bras. Une passion dont elle n'avait jamais osé rêver… Et la révélation d'une sensualité qu'elle ne se connaissait pas. Elle aimait le sexe ! Ou, du moins, le sexe avec Sev. Chaque fois qu'il l'avait touchée, elle avait succombé au plus pur des plaisirs. Deux jours plus tard, il l'avait invitée à un vernissage, mais elle avait déjà demandé un congé pour la soirée de Noël où il l'emmenait ce soir, et elle n'avait pas voulu mettre Harold dans l'embarras. Elle avait refusé à regret et n'avait pas pu le revoir. Elle était douloureusement impatiente, ce soir.

Dans l'intervalle, il l'avait appelée plusieurs fois. Il ne l'avait pas négligée, pas oubliée. Des conversations légères et faciles, sur son travail au refuge et les événements anodins de leur journée. Pourtant, Sev restait prudemment réservé. Il ne lui parlait que très peu de lui-même, de ses intérêts, de son passé. Sa réticence faisait naître en elle une pointe d'inquiétude.

Elle avait aussi attendu qu'il l'invite chez lui après la fermeture du refuge. Elle aurait été heureuse de le rejoindre, même sans sortie préalable, pour passer la nuit avec lui. Il lui manquait déjà. Mais il n'avait jamais tendu la perche, et elle ne voulait pas avoir l'air insistante ; elle avait gardé la suggestion pour elle. Elle avait tenté d'ignorer la distance qu'elle décelait dans sa voix au téléphone.

Elle était ridicule. Il avait gardé contact. Il l'avait invitée ce soir. Elle n'avait aucune raison de s'inquiéter, n'est-ce pas ?

Encore quelques heures, et cette mascarade toucherait enfin à sa fin, songea Sev en s'installant dans la limousine. Il aurait vengé Annabel, et Amy pourrait reprendre sa vie avec, en prime, un collier de diamants digne d'une véritable princesse. Et elle connaîtrait l'identité de son père, ce qui n'était pas un maigre cadeau. Ce serait la conclusion très satisfaisante à une affaire particulièrement désagréable. À la fin de la soirée, ils pourraient même célébrer leur victoire ensemble.

Dans la vitre de la voiture, il se vit sourire. Étonnamment, il voulait continuer de voir Amy plutôt que de chercher une nouvelle partenaire. Elle ne se comportait pas comme ses fréquentations habituelles. Elle n'attendait rien de lui, rien d'autre que lui-même. Elle avait été si réticente à accepter cette stupide robe, une goutte d'eau dans l'océan de son budget mensuel, et elle lui posait tant de questions sur les aspects de sa vie dont personne ne s'était jamais informé. Elle avait faim de le connaître plutôt que de convoiter ce qu'il aurait pu lui donner. Et entre ses draps… Amy était aussi surprenante qu'elle l'était à son bras. Innocente, mais intensément sensuelle, sans expérience et pourtant irrésistible. Il avait du mal à croire qu'il avait vécu la meilleure nuit de sa vie avec elle. Elle était vierge, et pourtant…

Il avait balayé son premier élan de culpabilité. Ils étaient tous les deux adultes, consentants, et ils avaient partagé un plaisir incroyable, ensemble. *Dio*… Il l'avait savourée, encore et encore, cette nuit-là. Garder ses distances toute la semaine avait été une véritable torture. Il avait dû lutter contre tous ses instincts pour ne pas céder à la tentation. Il voulait se prouver qu'il pouvait rester à l'écart s'il le désirait. Il avait la situation sous contrôle. Et bien sûr, il ne voulait pas qu'Amy se fasse des idées. Leur petite aventure n'était justement que cela : une aventure. Ils n'avaient aucun avenir ensemble. Inévitablement, il se lasserait d'elle et passerait à autre chose.

En voyant Amy apparaître sur le perron de la clinique, Sev ne parvint pas à détourner le regard. Pendant quelques étranges secondes, le monde sembla s'arrêter. Il avait demandé à la styliste de privilégier du violet profond pour la robe et avait payé un prix conséquent pour le luxe de ses exigences. Sa récompense était là, en chair et en os. Amy était aussi ravissante qu'une princesse, l'éclat naturel de sa peau diaphane et l'animation de ses yeux extraordinaires soulignés par la brillance subtile de sa robe. Le drapé de l'étoffe fine suivait la finesse de sa taille et la courbe tentatrice de ses seins ronds. Féerique et ensorcelante. Il se durcit instantanément. La bouche sèche, il sortit de la voiture pour lui ouvrir la portière. Son parfum léger l'enivra au passage. Il se glissa près d'elle, le cœur battant.

Quand Amy rencontra le beau regard d'or sombre, un éclair sulfureux la transperça. Elle croisa les mains sur ses genoux, l'estomac noué. Un long frisson crépita le long de son échine. Elle devait garder son calme. La soirée commençait à peine…

— J'ai un cadeau pour toi, murmura Sev en glissant un écrin oblong sur ses genoux.

— Oh ! pourquoi donc ? s'enquit-elle en fronçant les sourcils. Ce n'est pas mon anniversaire.

— Non, je sais, c'est le mois prochain, répondit-il. Mais je me suis dit que tu aimerais le porter ce soir.

Elle cligna des yeux, surprise qu'il connaisse sa date de naissance – l'avait-elle mentionnée ? Elle ne s'en souvenait plus. Elle prit l'écrin entre ses doigts, le cœur serré. Accepter la robe et ses accessoires lui avait déjà coûté ; c'étaient trop de cadeaux, trop d'argent, et elle ne voulait pas mettre en péril l'équilibre de leur relation. Mais un bijou…

Elle fit basculer le couvercle, les doigts tremblants. À l'intérieur, sur le velours, une rivière de diamants étincela de mille feux sous les lumières de la rue.

— Oh ! mon Dieu ! s'exclama-t-elle, choquée par la valeur d'un tel objet. Sev, je ne peux pas accepter une chose pareille…

— Laisse-moi t'aider.

Il frôla son épaule pour qu'elle pivote, et elle obéit machinalement, tout en secouant la tête.

— Vraiment, je ne plaisante pas. Je ne peux pas te laisser m'offrir quelque chose d'aussi précieux.

Le métal froid glissa sur sa gorge, et les doigts chauds sur sa nuque. Elle frissonna, submergée par le souvenir de ses mains sur son corps.

— Allons. Peut-être que c'est un faux…, commenta Sev.

— Est-ce que c'est un faux ? demanda-t-elle avec espoir.

— Non. Porte-le ce soir, Amy. J'espère que tu l'aimeras assez pour le garder.

Elle se tourna vers lui ; il arqua un sourcil circonspect.

— Je sais que tu ne possèdes pas de bijoux. J'ai simplement pensé que tu te sentirais plus à ton aise avec un collier. Tout le monde en portera, à cette soirée.

Troublée par son détachement, elle posa une main délicate sur les diamants encore frais. L'avait-elle offensé en refusant son cadeau ? Il avait l'air distant, soudain. Ce n'était pas son intention… Elle secoua la tête en cherchant comment rectifier la situation.

— Je suis reconnaissante, vraiment. C'est trop, c'est tout. Nous ne nous connaissons pas depuis longtemps.

— Je comprends.

— Écoute, je vais le porter ce soir, il est magnifique. Je te le rendrai ensuite, d'accord ? Mais merci beaucoup d'avoir pensé à moi.

— Bien sûr, fais comme tu préfères, répondit-il.

Son visage s'était masqué d'indifférence. Il reprit sa place de l'autre côté de la banquette, calé contre la portière. Elle déglutit difficilement. Un collier de diamants, offert avec autant de facilité que s'il avait payé pour une tasse de café ? Elle tapota inconfortablement le bijou. Elle aurait aimé l'enlever, mais elle décelait l'éclat froid de son regard de bronze, et elle en était inquiète. Elle le porterait juste ce soir. Elle le lui rendrait ensuite. Et Sev… Sev était d'une humeur si étrange, ce soir. Avait-il passé une mauvaise journée ? Une mauvaise semaine ? Pourtant, il avait eu l'air heureux lorsqu'elle était apparue sur le pas de la porte. Ce courant de convoitise et d'attraction qu'ils avaient partagé lorsque leurs regards s'étaient croisés… elle ne l'avait pas imaginé, elle en était certaine.

Elle leva les yeux sur la rue et découvrit avec surprise que la limousine avait bifurqué vers l'aéroport.

— Qu'est-ce que nous faisons ici ?

— Nous prenons mon hélicoptère pour aller à la soirée, expliqua Sev. Je n'aime pas les longs trajets en voiture.

— Oh…

Il l'aida à sortir de la voiture. Immédiatement, une phalange d'agents de sécurité les encadra pour les escorter à travers l'aéroport.

— Où se déroule la soirée ? s'enquit-elle en trottinant pour rester au niveau de Sev.

Il avait une démarche longue et souple. Ce soir-là, dans son magnifique smoking noir, il semblait plus grand encore que d'habitude.

— Une maison de campagne dans le Norfolk. Nous sommes invités par Cecily et Oliver Lawson. C'est un homme d'affaires, indiqua Sev, toujours lapidaire, en s'engouffrant dans le salon VIP. Techniquement, c'est aussi une soirée déguisée, mais je les ai en horreur.

— « Une soirée déguisée » ? Qu'est-ce que tu leur reproches ?

— Ma mère adorait en organiser. Quand j'avais huit ans, elle a décidé que je devrais y assister aussi. Elle m'a déguisé en personnage de dessin animé et m'a pavané pendant toute la soirée. Un pervers en a profité pour me tripoter. Depuis, j'évite de participer.

Amy s'arrêta net, les yeux écarquillés, au milieu du salon. Le beau visage de Sev n'avait accusé aucune émotion. Ses traits, sombres et symétriques, restèrent parfaitement neutres.

— « Un… pervers » ?

— Un politicien puissant. Il est mort depuis longtemps. Oh ! je ne te l'ai pas dit, mais tu es magnifique, Amy. Même sous les horribles lumières de l'aéroport.

L'abrupt changement de sujet ne suffit pas à la distraire.

— Non, je… Merci, mais je suis plus intéressée par ce qui est arrivé à cet homme après…

Sev lâcha un petit rire cynique.

— « Arrivé » ? Rien. Ma mère m'a giflé et m'a traité de menteur. J'ai été renvoyé au pensionnat illico.

— Oh ! mon Dieu, Sev… Quel genre de mère ferait une chose pareille ?

— Pas une mère très aimante, c'est certain. Annabel est la seule perle du clan Aiken. Tous les autres sont des ordures. La famille de mon vrai père est normale, cela dit.

Mais Amy se souvenait de ce qu'il lui avait confié lors de leur premier rendez-vous. Il n'avait pas connu son père avant l'âge adulte. Son cœur se serra. Il avait dû passer une enfance très malheureuse. Les yeux dans les siens, elle prit doucement sa main et la serra dans la sienne ; un éclair de profonde surprise traversa le visage de Sev, et ses yeux sombres brillèrent d'étonnement.

— Je suis désolée que tu aies dû vivre tout cela sans allié…

Avec consternation, Sev vit les yeux myosotis d'Amy se remplir de larmes. Il détourna brutalement le regard et maudit sa faiblesse. Pourquoi était-elle si pleine d'empathie ? Et pourquoi avait-il partagé une chose pareille ? Pourquoi ses défenses tombaient-elles à ses pieds ? Pourquoi ses secrets lui échappaient-ils comme du sable entre ses doigts ? Qu'avait-elle donc de si spécial ? Était-ce cette façon qu'elle avait de le regarder ? La douceur de sa voix basse, la tendresse de ses magnifiques prunelles ? Comment avait-il pu lui parler de cet incident, sans réfléchir, spontanément, alors qu'il ne l'avait plus jamais mentionné à personne après la réaction de sa mère ?

Amy sembla comprendre sa détresse. Elle changea soudain de sujet et lâcha doucement sa main.

— Tu ne crois pas que nous aurons l'air étranges si nous sommes les seuls à ne pas être déguisés ?

— Non, je suis assez riche pour qu'on me pardonne mes caprices, et tu pourrais aussi bien être une princesse de conte de fées, dans cette robe. J'ai pensé à te commander un masque, mais je ne voulais pas que tu caches ton beau visage, admit-il, plus détendu maintenant que l'orage était passé.

Il avait hâte que cette soirée soit terminée, qu'Oliver Lawson soit brisé, au moins socialement. Sa femme richissime le ruinerait lorsqu'elle découvrirait qu'il avait une fille secrète, conçue après leur mariage. Quand cet objectif serait atteint, il pourrait laisser toute cette affaire derrière lui. Oublier Lawson pour de bon. Se concentrer sur Annabel. Il aurait pris la meilleure des revanches, froide, civilisée, et létale. Cecily Lawson était loin d'être une idiote. Elle n'aurait aucune pitié pour son mari. Il ne pourrait rien faire d'autre, de toute façon. Il n'avait pas l'intention d'exposer sa sœur aux rumeurs de cette société empoisonnée ou à la colère des Lawson. Il garderait le secret de la liaison d'Annabel précieusement.

Quant à Amy… il la ramènerait chez lui ce soir, lui expliquerait tous les détails de son plan pour qu'elle comprenne qu'il avait eu raison de lui cacher la vérité jusque-là. Et ensuite, il s'enfermerait avec elle dans sa chambre. Quelques jours de plaisir et de vacances… Après tout, elle travaillait trop. Il n'avait jamais rencontré une femme si indisponible ; et elle avait une discipline d'acier, résolue à ne jamais mentir à son patron, ou faire semblant d'être malade, ou voler quelques heures ici et là pour le rejoindre. Il le lui avait pourtant proposé, cette semaine, mais elle avait tenu bon.

La revoir n'en était que plus excitant. Amy serait sa récompense pour ne pas avoir écrasé son poing dans la figure de Lawson comme un homme préhistorique.

Dans quelques heures, ils riraient tous les deux de leur victoire.

Après l'atterrissage, Sev la souleva dans ses bras pour la porter jusqu'au délicat sentier qui les mènerait à la grande bâtisse illuminée. D'autres hélicoptères reposaient silencieusement à distance, et, dans la cour circulaire, rutilaient une myriade de voitures de luxe. Amy inspira profondément, terrifiée par ce qui l'attendait à l'intérieur. Et si elle faisait honte à Sev ? Si elle n'était pas assez élégante, pas assez éduquée pour se mêler à cette foule si mondaine ? Elle parlerait le moins possible, c'était décidé. Sev avait été si généreux avec elle ; elle ne pouvait pas supporter de lui faire honte en public.

Sur le chemin gravillonné, il s'arrêta et baissa les yeux sur elle. Au lieu de la déposer sur le sol, il lui sourit légèrement et l'embrassa à perdre haleine. Sa bouche brûlante et experte lui arracha un soupir. Elle enroula les bras autour de sa nuque, l'esprit en ébullition, le corps parcouru d'un tremblement désespéré.

— J'ai hâte d'être seul avec toi, gronda-t-il en la posant sur le sol.

— Je t'ai sûrement couvert de gloss, dit-elle en levant la main pour essuyer ses lèvres pleines.

— Ça valait le coup.

Il lui décocha un de ses sourires irrésistibles, et elle lui sourit en retour. La main sur la courbe de ses reins, il la guida jusqu'à l'entrée où une domestique les accueillit, prit leurs manteaux et leur proposa une flûte de champagne. Confiant, mais toujours à ses côtés, Sev traversa la foule étincelante, en s'arrêtant ici et là pour saluer ses connaissances et la présenter comme sa cavalière. Il la mena jusqu'à la salle de bal, où plusieurs couples dansaient déjà.

— Je crois que certaines personnes ont confondu Noël et Halloween, murmura-t-elle avec un sourire, les yeux posés sur un homme en costume de squelette qui faisait valser son petit ami, déguisé en élégant fantôme.

Ici et là, d'autres invités avaient choisi de ne pas se déguiser, mais portaient tout de même un masque. Une jolie brunette habillée en Jane de la jungle les accosta et s'accrocha familièrement au bras de Sev. Amy se sentit rougir. L'inconnue murmura à l'oreille de Sev, éclata d'un rire solaire, et leva vers lui un regard lascif. Il répondit brièvement, la repoussa d'un mouvement agacé d'épaule, et reprit sa route en prenant la main d'Amy. Ils s'arrêtèrent devant une table ronde où plusieurs invités s'étaient déjà installés. Ces derniers les accueillirent avec chaleur mais ne manquèrent pas de taquiner Sev sur son smoking sans fioritures. Sev rit avec eux, détaché, mais sociable. Il tira une chaise pour elle, et elle s'assit près de lui, à côté d'une femme dont elle n'avait pas entendu le prénom.

Après lui avoir décrit sa villa italienne pendant cinq bonnes minutes, l'inconnue s'exclama :

— Oh ! je bavarde, je bavarde, et je ne vous pose aucune question. Il est si rare que Sev s'encombre de la même cavalière plusieurs fois de suite, je ne fais plus l'effort d'essayer de les connaître. Mais parlez-moi de vous.

La pique n'était pas innocente, mais elle était informative. On lui faisait savoir qu'elle n'était qu'une étape éphémère et qu'elle n'avait aucune importance dans la vie de Sev. Amy ne se vexa pas pour si peu.

— J'imagine que vous êtes actrice ou mannequin ? reprit sa voisine.

— Ni l'un ni l'autre, fit Amy en souriant avant de prendre la main que Sev lui présentait. À tout à l'heure, peut-être ?

Sev l'attira à lui et prit le chemin du buffet.

— J'ai pensé que tu apprécierais une opération de sauvetage. Eliza n'est pas toujours très aimable.

— Elle pensait que j'étais actrice ou mannequin…

— « Mannequin » ? Un peu petite, tu ne penses pas ?

Il baissa sur elle ces prunelles d'or et d'onyx qui lançaient toujours son cœur au galop, et elle rit en le poussant d'un petit coup d'épaule.

— Hé ! Je pourrais être mannequin main ou pied, je te ferais dire, rétorqua-t-elle. Mais j'étais presque tentée de lui répondre que j'étais escort-girl.

Sev plissa les yeux d'un air faussement outré.

— Et détruire ma réputation de Casanova ?

Amy fronça le nez.

— Ne t'inquiète pas, je n'aurais jamais osé. Ma mère était un peu comme Eliza. Elle cherchait souvent la petite bête, mais si tu osais répondre… elle n'hésitait pas à sortir la grosse artillerie. J'ai appris très jeune à tenir ma langue. Je n'ai commencé à lui tenir tête qu'à l'adolescence.

— Tu sais, je suis toujours étonné que ton enfance n'ait pas brisé ton optimisme.

Il l'examinait toujours, avec intérêt, et une admiration non dissimulée. Sous son regard sombre, elle se sentait heureuse et en sécurité. Si proche de lui. Parfaitement à sa place.

— Voilà nos hôtes, murmura Sev.

Amy leva les yeux sur le couple, magnifiquement déguisé en roi et reine médiévaux, le front ceint de couronne de gui. L'homme était blond et semblait plus jeune que sa femme, dont les cheveux gris étaient coupés en séduisant carré court.

Sev choisit une petite table inoccupée. Ils s'installaient ensemble lorsque les Lawson approchèrent, tous deux avec de grands sourires de bienvenue.

— Je suis si heureuse que tu aies pu te libérer cette année, Sev, lança Cecily. Je sais combien ton emploi du temps est chargé.

Son mari tendit la main à Amy.

— Je suis Oliver. Et vous êtes ?

Avant qu'elle puisse répondre, Sev prit la parole.

— Amy Taylor. Je ne sais pas exactement quel est le protocole en vigueur pour présenter un père à sa fille ?

— « Sa… fille » ? s'enquit Cecily en arquant un sourcil.

— Tout à fait, continua Sev avec un sourire tranquille. Amy est la fille d'Oliver et de Lorraine Taylor. Non pas qu'il l'ait reconnue, bien sûr.

— Je…

— Quel âge as-tu, chérie ? s'enquit Cecily.

— Vingt-trois ans le mois prochain, susurra Sev.

La bouche d'Amy était aride, sa gorge nouée. Leur conversation se noya dans le tumulte de son pouls. Sous sa robe, ses genoux flageolèrent ; elle ne pouvait que fixer Oliver

Lawson, sans comprendre, sans parler. Son cerveau s'était enrayé, mais elle *voyait*, elle voyait bien que Lawson avait les cheveux blonds, et les yeux du même bleu-violet qu'elle… Et pourtant, il semblait si jeune – elle lui aurait donné à peine quarante ans…

— Passez une belle soirée, lança la femme d'Oliver avec raideur, pâle comme un linge.

Elle tourna aussitôt les talons et s'éloigna d'un pas vif.

— Je suis le frère d'Annabel Aiken, siffla Sev à voix basse avant qu'Oliver ait le temps de la suivre.

L'homme releva les yeux sur lui. Foudroyé par le choc, il resta planté à quelques pas d'eux, les yeux rivés sur l'auteur de sa déchéance. Cecily Lawson, déjà loin, fit volte-face.

— Oliver ! siffla-t-elle.

L'homme sursauta et la rejoignit à la hâte.

Les mains moites, Amy regarda le couple disparaître dans la foule. Toujours parfaitement serein, Sev déclara :

— J'ai accompli ce pour quoi je suis venu ce soir. Rentrons à la maison, d'accord ?

Il attrapa son sac, glissa ses doigts pâles et tremblants dans le creux de son coude, et l'entraîna avec lui à travers les invités aux costumes chamarrés. Dans le hall, il passa un rapide coup de fil puis demanda à un domestique d'aller chercher leurs manteaux.

Toujours silencieuse, Amy tenta de réguler son souffle. Le choc se brisait en elle par à-coups comme un ressac tempétueux. Elle revoyait le regard vide d'Oliver Lawson, la moue d'écœurement qui avait tordu sa bouche quand Sev avait annoncé son identité. Son père ? Comment était-ce possible ? Et comment Sev pouvait-il le savoir et l'annoncer avec tant d'assurance ?

— Je répondrai à toutes tes questions dès que nous serons chez moi, murmura Sev en l'aidant à enfiler son manteau.

— Ce que tu as fait… c'était très impoli…

Pathétique. Mais que pouvait-elle bien dire ? Elle était

confuse, à deux doigts du vertige. Elle se sentait nauséeuse. Elle ferma les yeux et se laissa guider vers la porte.

— C'est le moindre de mes soucis, lança Sev en la soutenant d'une main chaude.

L'air froid de la nuit la frappa au visage, revigorant, et la ramena un peu à la réalité.

— Tu n'es pas heureuse d'avoir découvert qui est ton père ? insistait Sev.

— Tu savais qui j'étais quand tu m'as amenée ici…

La situation commençait à s'éclaircir, et avec elle, une angoisse diffuse se répandit dans sa poitrine.

— Nous ne nous serions jamais rencontrés si je n'avais pas su qui tu étais, admit Sev sans ambages. Mais tu m'as fasciné dès que j'ai posé les yeux sur toi. Je ne m'y attendais pas. Cela ne faisait pas partie de mon projet, mais maintenant que je te connais, j'en suis heureux. Je te désire plus que je n'ai jamais désiré quiconque. Que tu sois la fille de ce salopard n'y change rien.

Malgré tous ses efforts, Amy avait toujours la cervelle et les jambes en coton. Elle laissa Sev la guider jusqu'à la piste où les attendait l'hélicoptère, puis la soulever dans la cabine. Elle avait envie de hurler. Elle avait fait une terrible erreur. Elle avait supposé, inventé, rêvé, et elle s'était trompée sur toute la ligne.

Rien de ce qu'elle avait cru savoir de Sev n'était réel.

Elle avait pensé fréquenter un inconnu, mais il savait déjà tout d'elle à ce moment-là. Il avait planifié leur rencontre pour mettre un stratagème à exécution.

Le rugissement de l'hélicoptère et le tumulte qui agitait son esprit formaient une cacophonie insoutenable. Elle posa une main sur ses yeux brûlants de larmes.

Son lien de parenté avec Oliver Lawson était sans aucun doute la seule raison pour laquelle il l'avait invitée à ce cocktail. Non, la seule raison pour laquelle il l'avait accostée, pour laquelle il lui avait montré un soupçon d'intérêt ! Une souffrance aiguë la transperça, suivie de près par l'humiliation. Tous ses rêves secrets et ses joies naïves lui revinrent, craquelés et souillés par les événements de la soirée.

L'hélicoptère les ramena à Londres. Pendant le trajet, Amy tenta de reprendre son sang-froid. Tout était fini entre elle et Sev, mais elle avait besoin de réponses. Elle les méritait, après cette écœurante comédie. Il l'avait utilisée, manipulée sans qu'elle n'en sache rien. Elle avait été stupide ; très bien. Mais elle ne se laisserait pas submerger par la douleur, pas en sa présence. Elle panserait ses plaies plus tard, dans la dignité de la solitude. Sev se fichait d'elle, dans tous les sens du terme, et elle ne lui donnerait pas la satisfaction de ramper à ses pieds.

7.

— Est-ce que c'est vrai ? Cet homme est mon père ? demanda Amy dès qu'ils furent tous deux installés à l'arrière de la limousine.

C'était la première fois qu'elle reprenait réellement la parole depuis l'horrible scène chez les Lawson, et la première fois, aussi, qu'ils étaient vraiment seuls. Dans l'hélicoptère, avec le pilote et dans le tapage des pales, elle était restée complètement silencieuse.

— Oui, c'est vrai. J'ai engagé un agent pour enquêter sur Lawson. Ta mère a travaillé dans la même entreprise que lui pendant des années. Ils étaient fiancés et ils vivaient ensemble quand la fille du patron, Cecily, a remarqué l'existence d'Oliver. Il a laissé ta mère et a épousé Cecily peu de temps après. Il a repris sa liaison avec ta mère après leur mariage et c'est à ce moment-là que tu as été conçue. Lawson est un homme ambitieux. Épouser Cecily a payé. Dès que le père de Cecily est mort, il a pris sa place en tant que P-DG de la firme familiale.

— C'est très étrange d'apprendre ça de toi plutôt que de ma mère. Elle me l'a toujours caché.

Amy serra les dents, puis reprit :

— Ce que je ne comprends toujours pas, c'est pourquoi tu as voulu t'attaquer à Oliver Lawson ? Tu avais organisé toute cette rencontre…

Le beau visage de Sev s'assombrit. Il la jaugea avec méfiance avant de répondre :

81

— Oliver est le père du bébé d'Annabel.

Amy accusa le coup. Chacun de ses muscles était douloureusement tendu. Elle déglutit difficilement. Oliver… Olly, comme Annabel l'avait appelé.

C'était son père qui avait harcelé Annabel…

Sev continua son récit. Il lui expliqua ce qu'Annabel avait traversé et comment elle avait été manipulée. Un étau glacé s'était refermé sur son cœur. Son père biologique était une ordure, un menteur. Infidèle, violent, manipulateur et superficiel. Vingt ans plus tôt, c'était cet homme qui avait brisé sa mère et l'avait rendue si cynique. De toute évidence, il n'avait pas changé.

— Je voulais le punir, mais je ne voulais pas révéler les secrets de ma sœur. Elle souffre déjà assez de sa situation, expliqua Sev d'une voix neutre. Quand j'ai découvert qu'il avait déjà une fille cachée, et que sa femme n'en savait rien… j'ai compris que tu étais sa faiblesse. L'arme parfaite.

— Le *pion* parfait, corrigea Amy avec amertume.

Elle pinça les lèvres. Pas question de laisser transparaître les émotions qui bouillonnaient en elle. Elle était assez humiliée pour une décennie. Elle n'était personne, elle n'était rien aux yeux de Sev. Juste un moyen pour arriver à ses fins et la fille abandonnée d'un salaud. Sev l'avait utilisée sans hésitation et sans remords. Il n'avait même pas envisagé qu'en la ciblant pour blesser son père, il faisait d'elle un dommage collatéral. Elle n'était qu'une idiote insignifiante, et il l'avait traitée comme telle.

Elle serra les dents. Quand la limousine s'arrêta, elle sortit, l'esprit bourdonnant, et précéda Sev dans le grand hall.

— Je ne sais pas ce que tu en penses, mais je prendrais bien un verre, déclara-t-il.

— Juste de l'eau, répondit-elle machinalement.

Elle le regarda traverser la pièce à vivre. Elle ne comprenait pas comment il pouvait être aussi calme. Aussi décontracté. Comme s'il n'avait pas fait voler son monde en éclats, ce soir.

— Enlève ton manteau.

— Non. J'ai froid.

Elle n'avait pas l'intention de rester. Elle partirait dès qu'elle lui aurait craché ce qu'elle pensait de lui à la figure. Et elle portait toujours… Oh ! elle leva les mains pour détacher le collier de diamants.

— Qu'est-ce que tu fais ?

— J'enlève le collier. Je l'ai porté pour être polie. Je n'en veux pas, surtout plus maintenant.

Elle posa le bijou sur la table la plus proche. Les diamants étincelaient dans la pénombre, accusateurs. Elle n'avait jamais voulu l'accepter ou le porter, mais elle avait piétiné ses principes pour faire plaisir à Sev. Maintenant, cette simple idée lui donnait la nausée.

— Tu es un peu surprise, j'en suis conscient, reprit Sev en glissant un verre entre ses doigts tremblants. Tu es sûrement un peu secouée… Mais j'espérais que tu serais heureuse de découvrir l'identité de ton père.

— Oh ! oui, railla-t-elle, je suis sûre que c'était ta motivation première. Et c'est une *si* bonne nouvelle, d'être la fille d'un homme comme Oliver Lawson. Un égoïste cupide et menteur. Heureusement que tu es là pour me l'apprendre !

— Je suis navré, mais ton ressenti n'appartient qu'à toi, rétorqua-t-il, immédiatement sur la défensive.

Il baissa les yeux sur elle et examina son visage délicat, tiré par le choc mais empourpré de colère. Ses yeux violets brillaient férocement. Il fronça les sourcils ; il n'avait jamais vu Amy furieuse.

— Qu'à moi ? s'exclama-t-elle. Comme il n'appartenait qu'à moi de vivre sans savoir qui était mon père ? Ne fais pas semblant de respecter ma vie privée alors que tu connais tout de ma pitoyable petite existence. Tu en sais même plus que *moi* ! Avant même de me rencontrer, tu en savais plus que moi, pas vrai ?

Sev serra les dents.

— Oui. Et je n'ai pas pris plaisir à te mentir. Je suis heureux de pouvoir enfin être honnête avec toi.

Amy avala une longue gorgée d'eau, la gorge nouée, les doigts crispés autour du verre. Elle aurait aimé le lui jeter à la figure, mais elle se retint. Il l'avait prise pour une idiote depuis le début. Elle ne pouvait pas lui donner raison en perdant le contrôle sous ses yeux.

— Le mal est fait. Tu détestes mon père, mais c'est moi que tu as punie.

— Pas du tout. Ce n'est pas vrai, Amy.

— Tu veux dire que tu ne penses pas que c'est une punition de découvrir que le premier homme avec qui j'ai passé la nuit m'utilisait comme appât pour ruiner la vie d'un père que je ne connaissais même pas ?

Sev lui jeta un regard noir.

— Je ne t'ai pas utilisée ! Je n'ai pas simulé mon désir pour toi. Et si j'avais su que tu étais vierge, je ne serais pas allé aussi loin ce soir-là. Mais c'est toi qui ne m'as pas laissé prendre cette décision !

— Et tu ne m'as laissée prendre *aucune* autre décision ! Tu aurais pu me parler de ton plan, me donner les informations dont j'avais besoin. C'est toi qui m'as laissée croire que ton intérêt était sincère !

— Mon intérêt *est* sincère ! s'écria Sev en tapant sur la table, agacé par ses accusations. Nous ne serions pas en train d'avoir cette conversation si ce n'était pas le cas. Si ta seule valeur à mes yeux avait été ton lien de parenté avec Lawson, tu ne serais pas ici, chez moi, maintenant. Tout serait fini entre nous.

Amy laissa échapper un rire sans joie.

— Mais tout *est* fini entre nous, Sev. Tu m'as déguisée comme une poupée ce soir et tu m'as pavanée à ton bras pour m'humilier. À quoi t'attendais-tu ?

— Ce n'est pas du tout…

— Si. C'est ce que tu as fait, Sev. Tu m'as présentée, en public, à un père qui m'a regardée avec dégoût, un père dont j'ai honte, asséna-t-elle froidement. Tu aurais dû m'en parler, en privé. Tu aurais dû me montrer un soupçon de respect.

Je mérite mieux que la façon dont tu m'as traitée, Sev. Et tu as pensé à Cecily ?

— Quoi, Cecily ?

— Tu l'as humiliée aussi. Comme moi, elle n'avait rien à faire dans cette histoire. Tu aurais pu avoir un peu de considération et prendre ta revanche en privé, d'une façon moins douloureuse pour elle comme pour moi. Mais tu n'y as même pas réfléchi, pas vrai ? Tu voulais être là et tu voulais porter le coup de grâce toi-même et voir le visage de mon père se décomposer. Juste une histoire d'homme à homme, hein ? Tu n'as aucune excuse. Défendre ta sœur ne te donne pas le droit de blesser d'autres innocents.

— Je ne t'ai pas blessée !

— Tu trouves que j'ai l'air heureuse ? Tu n'as pas pensé que ne pas connaître mon père me donnait au moins le droit de rêver que j'avais un parent, au moins *un* parent qui, s'il m'avait rencontrée, ne m'aurait pas détestée ? Tu n'as pas pensé que, pendant que tu jouais à ton petit jeu de séduction et de chasse à l'homme, j'étais en train de m'investir dans cette relation et de tomber amoureuse de toi ? Non, pas de toi – d'un homme qui n'existe pas. Un homme que tu *prétendais* être !

— Pitié, personne ne tombe amoureux si vite, rétorqua Sev avec un dédain brûlant.

Sa riposte était si assurée et si autoritaire qu'Amy fit un pas en arrière, comme s'il l'avait giflée. Mais il avait tort ; elle s'était laissé emporter à toute vitesse, sans aucune hésitation. Elle n'avait jamais été attirée ainsi par quiconque. Elle lui avait fait une confiance aveugle. Elle avait baissé les armes. Et maintenant… Maintenant, elle était écœurée d'avoir été si naïve, si faible.

— Je crois que je te hais, et cela en dit long sur ce que je ressens, rétorqua Amy, les dents serrées. Je n'ai jamais haï personne. Je vais rentrer chez moi.

— Non ! Je veux que tu restes. Je veux que nous discutions de cette situation.

— Il n'y a plus rien à dire. Ce qui est fait est fait. Et tu n'es clairement pas désolé. Il n'y a rien à ajouter. Tu ne comprends pas que ce que tu as fait ce soir était cruel, malhonnête, et honteux. Tu as tort. Et tout ce que nous avons vécu n'était qu'un mensonge.

— Ce n'était pas un mensonge ! répéta Sev d'une voix rauque, les poings serrés. J'ai juste caché que je connaissais ton passé. Mais toutes mes réactions étaient sincères !

— Sev, tu m'as fait entrer dans ta vie et tu as continué de me fréquenter simplement pour me faire venir à cette soirée. Comment peux-tu dire que c'était sincère ? Que c'était réel ?

Le silence s'étira, fragile comme un élastique prêt à rompre.

— Est-ce que je peux quand même utiliser la voiture ? s'enquit-elle soudain, abrupte.

Elle se planta près de la porte, les bras croisés, et leva les yeux vers lui. Sev n'était pas celui qu'elle avait cru aimer. Il n'était pas ouvert, il n'était pas généreux. Il n'ignorait absolument pas le fossé social et pécuniaire qui les séparait. Elle aurait pu être n'importe qui : il aurait fait semblant de la trouver jolie et fascinante, simplement pour pouvoir l'exposer au regard dédaigneux de son père biologique.

— *Dio mio*, siffla Sev. Bien sûr, je vais te ramener. Pour qui tu me prends ?

— Pour un sale menteur doté d'autant de compassion et d'humilité qu'un morceau de bois, rétorqua Amy sans ciller. Mais dis-moi une dernière chose. Tu as l'intention de garder Harley, ou est-ce que c'était juste un stratagème pour gagner ma confiance ?

— Bien sûr que je vais garder Harley ! rugit Sev.

— Tu sais, tu m'as dit que tu préférais les animaux aux gens, pendant notre premier rendez-vous. Maintenant je sais pourquoi. Les animaux ne te jugeront jamais sur ton manque de principe et ils n'ont pas l'insolence de te répondre.

— C'est bon ? Tu as fini ?

Elle avait envie de vomir, et le sang rugissait à ses tempes. Même respirer lui faisait mal ; quelque chose était terriblement noué au creux de sa poitrine. Elle n'allait jamais le revoir, et cette révélation la frappa comme un uppercut. Pourquoi donc ? Elle savait la vérité, maintenant. Elle devait prendre du recul. Elle l'avait échappé belle, elle était retombée sur Terre. Elle n'avait pas besoin de Sev.

— Oui. J'ai fini.

C'était vrai. Elle n'avait plus rien à lui dire. Il lui avait fait du mal. Elle n'avait pas de lien particulier avec lui, elle n'était pas proche de lui, elle n'était personne à ses yeux, et leur idylle était entièrement imaginaire. Parler d'amour à un homme comme lui n'avait aucun sens ; c'était une plaisanterie, une plaisanterie stupide et pathétique, et elle regrettait d'avoir laissé échapper son aveu.

— S'il te plaît, Amy, soupira Sev en sortant son téléphone. Essaye de comprendre. Je ne vais pas te courir après, ce n'est pas mon genre.

Il la fixait avec intensité, la voix sombre et profonde. Le menton haut, elle se détourna avec toute l'indifférence dont elle était capable. Elle ne voulait plus regarder, plus penser au captivant relief de son magnifique profil, à l'angle dur de ses pommettes. Dans ses prunelles, elle avait décelé plus de frustration que de regret. Cela lui suffisait.

— Je m'en remettrais, lâcha-t-elle.

Il ne l'accompagna pas dehors. En quelques minutes, la limousine était de retour, et elle regarda les rues brillantes se dérouler derrière la vitre jusqu'à ce que des larmes brûlantes coulent sur ses joues et troublent sa vision. Elle inspira profondément et tenta de se concentrer sur le paysage et ses boutiques encore illuminées. Noël était tout proche, et elle n'allait pas laisser Sev lui gâcher les fêtes, n'est-ce pas ? Elle se donnerait la nuit pour faire son deuil, et pas plus. Son histoire avec Sev n'était qu'un rêve éveillé, un fantasme de petite fille. Elle aurait dû comprendre immédiatement que quelque chose n'allait pas, et qu'un homme comme lui ne pouvait pas s'intéresser à une fille comme elle ; mais elle s'était laissé séduire par le conte de fées. Flattée, charmée, enchantée par son intérêt. Elle avait oublié toute sa jugeote, fermé les yeux sur les défauts et les incohérences.

Au moins, Harley avait trouvé un bon foyer. Elle pressa ses mains tremblantes sur son visage humide. Inutile de s'autoflageller. Elle ne pouvait rien changer maintenant. Elle s'en remettrait – elle avait dépassé des chagrins plus grands.

Ironiquement, pour la première fois de sa vie, elle plaignait sa mère. Comme elle avait dû souffrir de voir l'homme qu'elle aimait poursuivre la fille de leur patron ! Et il était revenu à elle après le mariage… Elle avait sûrement espéré une réconciliation…

Amy grimaça. Au fond d'elle-même, dans un recoin qu'elle préférait garder secret, elle avait toujours rêvé que sa mère ait été trop sévère avec son père. Peut-être l'avait-il vraiment désirée, mais n'avait pas pu rester à cause de sa situation. Peut-être aurait-il été un bon père. Mais maintenant… non. Elle avait lu la vérité sur le visage d'Oliver Lawson, ce soir. Il avait été horrifié de découvrir son existence et sa présence. Il était bien plus inquiet de la réaction de sa pauvre épouse et de l'impact que cette rencontre aurait sur sa propre vie. Elle n'avait décelé aucune lueur d'intérêt pour elle. Et Annabel, pauvre Annabel, qui avait cru aimer un homme aussi lâche, aussi faible…

Arrivée chez elle, Amy se pelotonna sous sa couette avec Hopper. Elle ne s'était jamais sentie aussi seule qu'à cet instant. La soirée avait commencé comme un fantasme, avec cette robe magique, cet homme si divin. La vie lui avait fait miroiter mille promesses, et elles avaient volé en éclats en une seconde. Sev avait-il raison ? Était-ce impossible de tomber amoureuse si rapidement ? Elle l'espérait. Elle ne voulait pas de ce sentiment terrible, de ce gouffre béant qui menaçait de l'engloutir. Peut-être n'était-ce qu'une amourette, un moment d'intensité vite essoufflé. Elle ne le reverrait plus ; elle l'oublierait vite.

Sev donnait à Amy une semaine pour se calmer, tout au plus. Il termina son verre de whisky cul sec avant d'aller se coucher. Seul. Pas vraiment la façon dont il s'était attendu à conclure cette soirée. Il n'arrivait pas à croire qu'elle l'avait repoussé et insulté alors qu'il lui avait avoué son intérêt pour elle. Il n'avait jamais admis avoir des sentiments pour qui que ce soit avant elle. Il ne savait pas ce qu'elle avait de si extraordinaire… Mais quand elle était partie, avec son menton haut et son regard flamboyant, il avait dû lutter contre tous ses instincts. Ne pas la rattraper. Ne pas argumenter. Comment pouvait-elle tourner le dos à l'alchimie incroyable qu'ils partageaient ? Non, elle changerait vite d'avis. Elle avait juste besoin de reprendre ses esprits.

Elle était en colère, c'était compréhensible. Lawson l'avait blessée comme il avait blessé Annabel. Il l'avait regardée avec mépris, comme un cafard sur le sol de la cuisine. Salopard ! Mais si Sev avait parlé de son plan à Amy avant les faits, elle n'aurait jamais accepté de le suivre… Elle était bien trop bienveillante.

Sauf avec lui. Il serra les dents, les yeux fixés au plafond. Personne n'avait jamais osé remettre en question sa moralité. Mais elle n'avait pas hésité. Juge et bourreau.

Finalement, elle n'était pas aussi accommodante qu'il l'avait cru. Oh ! il était furieux. Il se tourna de nouveau, incapable de trouver le sommeil. À cause d'elle, il se sentait coupable. Coupable de l'avoir mise dans cette position, et même coupable de lui avoir révélé qui était son père biologique. Mais il ne pouvait pas vraiment revenir en arrière ! La honte l'écrasait, mais il refusait de la regarder en face. Cependant, Amy avait peut-être eu raison sur un point : il n'avait pas songé à sa réaction ou à celle de Cecily quand il avait fomenté sa revanche.

Ses avocats contacteraient bientôt Lawson au sujet de la pension qu'il serait tenu d'allouer au bébé d'Annabel. Ce serait le point final à cette stupide mascarade. Il pourrait tourner la page… n'est-ce pas ?

Même s'il risquait d'avoir perdu Amy ?

Il pouvait toujours lui dire qu'il était désolé. L'était-il ? Il était navré de l'avoir blessée, navré d'avoir mal interprété la situation et de n'avoir pas envisagé que cette rencontre soit cruelle. Il n'avait pas pris en compte les sentiments d'Amy, certes, mais il ne regrettait pas d'avoir attaqué Lawson. Ce salaud méritait bien pire châtiment.

S'excuser ! Vraiment, il envisageait de s'excuser ? Il retint un grognement de frustration et ferma les yeux. Méprisable. Non, il neigerait en enfer avant qu'il lui donne une deuxième chance ! Il n'allait pas ramper aux pieds d'une presque inconnue. Une myriade d'autres femmes se feraient un plaisir de la remplacer, et aucune d'elles ne mettrait en doute ses principes. Elles auraient aussi la décence de ne pas mentionner l'*amour*, qui plus est. Vraiment ! Si Amy se croyait amoureuse maintenant, elle aurait vite été bien trop accrochée pour qu'il la supporte.

Alors pourquoi… ? Pourquoi sa déclaration ne l'écœurait-elle pas, comme ce genre de sentimentalisme le faisait d'habitude ? Elle était intéressante, et il aimait sa compagnie, et peut-être qu'il n'aurait pas détesté qu'elle soit trop accrochée. Et son désir pour elle… Leur compatibilité en tout point… D'une certaine façon, d'une *étrange* façon, ils s'assemblaient parfaitement.

Avant. Ils s'assemblaient parfaitement, *avant* qu'elle parte en claquant la porte.

Mais quand elle reviendrait… *si*, il pouvait supporter un peu de sentimentalisme. Du moment qu'elle ne parlait plus d'amour. Personne n'était parfait, après tout. Elle finirait par lui envoyer un message. Elle sauverait la face en se cachant derrière un prétexte. Elle lui demanderait des nouvelles de Harley ou d'Annabel. Elle serait de nouveau dans ses bras bien avant Noël.

8.

Amy sortit du cabinet du médecin plus pâle encore qu'elle n'y était entrée.

Elle s'était répété que c'était impossible, elle avait pensé qu'il n'y avait aucun risque… Mais elle était bel et bien enceinte. Enceinte de Sev. Ces dix derniers jours, elle avait été malade et sensible aux parfums, et ses seins avaient pris la moitié d'un bonnet. Elle avait acheté un test de grossesse en voyant que ses règles étaient en retard, juste pour se rassurer…

Mais le résultat était tout sauf rassurant.

Dix jours depuis la soirée des Lawson. Décembre avançait, et avec lui l'ambiance joyeuse des fêtes. Les clients, au café, parlaient de vacances et de shopping, et leurs enfants couraient autour des tables, surexcités. Elle n'avait pas revu Sev, mais, à sa grande surprise, il lui avait fait envoyer des fleurs. Avec une carte.

J'attends de tes nouvelles.

C'était si caractéristique que Sev reprenne contact avec impudence sans pour autant s'incliner. Elle avait ri en lisant la note. Peu de choses l'amusaient, ces temps-ci – elle ne faisait que travailler, travailler, travailler, et s'inquiéter. Elle avait fait la même erreur que sa mère. Tomber enceinte d'un homme qui ne voulait ni d'elle ni de son enfant. Un homme qui lui avait envoyé le plus magnifique des bouquets de fleurs, comme s'il ne lui avait pas déjà brisé le cœur. Et comment allait-elle lui annoncer la nouvelle ?

Le médecin lui avait rappelé que, lorsqu'elle avait changé de pilule, elle avait été prévenue de prendre plus de précautions pendant un mois. Elle ne s'en souvenait pas, mais peut-être que le conseil lui avait échappé parce qu'elle n'était pas sexuellement active à l'époque. Tomber enceinte n'était pas une inquiétude tangible pour elle. Mais ce n'était pas seulement sa faute : rien de tout cela ne serait arrivé si Sev s'était protégé, lui aussi. Ils avaient tous les deux été particulièrement imprudents.

Munie d'une flopée de brochures et avec en tête la date de sa première échographie, elle lui envoya un message.

Il faut que je te voie. C'est urgent.

Il lui répondit aussitôt.

Je peux venir te chercher à 6 h 30. Sortons, d'accord ?
Terrain neutre, mais privé. Un bar ?

Au moins, en public, ils ne se disputeraient sans doute pas. Et elle pourrait toujours le planter là sans demander son reste, dans le cas contraire. Elle lui envoya confirmation.

Elle retourna ensuite au refuge. Les lieux étaient étrangement vides : Harold lui avait expliqué qu'il avait des rendez-vous importants et avait fermé la clinique pour deux jours sans crier gare. Comme il n'avait pas voulu lui en dire plus, elle fut étonnée de le trouver en haut des escaliers, devant son studio, sur le pas de sa porte, avec un jeune homme qu'elle ne connaissait pas.

— Amy, bonjour. Je te présente mon fils, George. Je lui fais visiter un peu mon domaine. Cela te dérangerait de lui montrer ta chambre, juste pour qu'il voie la taille ?

Elle était l'assistante de Harold depuis plusieurs années, mais elle n'avait jamais rencontré son fils. Un peu surprise, elle hocha tout de même la tête et sortit ses clés.

— Merci infiniment, ajouta le jeune homme.

— Aucun problème, dit-elle en leur ouvrant la porte.

Elle ne comprenait pas vraiment pourquoi George avait

besoin de connaître la taille de la réserve. Ils s'avancèrent légèrement, jetèrent un coup d'œil à l'intérieur, puis s'entretinrent à voix basse. Bientôt, Harold la remercia avec un sourire avant d'emmener son fils au rez-de-chaussée.

Elle haussa les épaules. Elle avait pris un jour de repos, mais elle était ridiculement épuisée. Elle se laissa tomber sur son lit. Il valait mieux qu'elle dorme un peu avant de voir Sev. Elle voulait être au mieux de ses capacités pour la conversation qui les attendait.

Quand elle lui annoncerait la nouvelle, il serait choqué et furieux, elle en était certaine. Peut-être réagirait-il comme son père l'avait fait vingt-trois ans plus tôt. Mais elle ne le tenait au courant que par courtoisie : elle n'avait pas besoin de ses conseils, ou de son soutien, ou de son argent. Elle faisait simplement son devoir.

Serait-il agacé qu'elle n'envisage pas d'avorter ? Elle voulait garder le bébé. Ce serait difficile, bien sûr, mais elle était prête à prendre ses responsabilités. D'autres femmes l'avaient fait avant elle, alors pourquoi pas elle ? Elle était prête à travailler dur. Elle était débrouillarde et elle était courageuse. Elle aurait fini son apprentissage à la naissance du bébé : elle pourrait trouver un vrai travail, stable et décemment payé.

Mais ses projets si rationnels étaient dérangés par l'image de Sev, son beau visage illuminé par le plaisir ou froissé par la colère. Le souvenir de ses muscles tendus, de son corps svelte et nu la hantait toujours. Elle ferma les paupières avec une grimace, et se pelotonna sous la couverture.

Pendant qu'Amy dormait, cet après-midi-là, Sev tentait en vain de se concentrer sur son travail. Il était étonné ; il s'était attendu à ce qu'Amy succombe à la tentation bien plus tôt. Dix jours d'attente, et pas un mot. Il avait réfléchi à plusieurs tentatives d'approche.

Il avait le contrôle de la situation, attention. Si les fleurs n'avaient pas fonctionné, il aurait tout simplement tourné la page. Amy n'était pas irremplaçable. Il avait d'autres options, des options très tentantes. Malheureusement, sa libido avait décidé de se concentrer exclusivement sur Amy, ces temps-ci – mais cette lubie lui passerait. Faisait-il partie de ces étranges spécimens qui ne se prenaient de passion que pour ce qu'ils ne pouvaient atteindre ? Peut-être s'ennuyait-il. L'argent lui avait ouvert trop de portes, trop facilement. Amy, en l'envoyant sur les roses, avait sans doute éveillé son esprit de compétition.

Depuis le début, il avait enfreint toutes ses règles de conduite avec elle. Il s'était promis de ne pas la toucher, et il avait passé la nuit avec elle. Il n'avait jamais invité ses amantes chez lui, mais Amy était venue, elle était restée, et son désir pour elle n'en était pas moins dévorant. Et il voulait toujours la revoir, alors qu'elle lui avait dit…

Il ferma les yeux. *« Tu n'as pas pensé que j'étais en train de tomber amoureuse de toi ? »*

Comment pouvait-elle avouer ce genre de choses à un homme avec qui elle n'avait passé qu'une nuit ? Une nuit extraordinaire, certes, mais seulement une nuit. Quelques rendez-vous. Et pourquoi y avait-il tant d'urgence dans le court SMS qu'elle lui avait envoyé plus tôt ? Était-elle torturée par son absence, comme lui par la sienne ? Elle habitait tous ses rêves, toutes ses pensées. Son désir pour elle le tenaillait à tous moments. Avait-il vraiment l'intention de lui pardonner pour autant ? Elle l'avait insulté, elle l'avait fait sortir de ses gonds. Il étouffa un juron et s'enfonça dans son fauteuil. Son esprit était en proie au chaos depuis des jours. Il ne parvenait plus à se concentrer. Il voulait retrouver sa sérénité et son détachement. Était-elle la clé de cette distraction constante, ridicule ?

Il avait fait quelques erreurs, il en était conscient. Le sexe avait encore brouillé les cartes. Il aurait dû résister à son attraction, attendre au moins que la soirée des Lawson soit passée. Attendre d'avoir dit la vérité. Mais il ne pouvait pas revenir en arrière.

Et quant à ses accusations… elles étaient parfaitement

fausses. Il était capable de compassion. Il était moral. Elle avait seulement raison sur un point : il n'était pas humble. Il avait goûté à l'humilité trop souvent pendant son enfance. Maintenant qu'il était adulte, il détestait courber l'échine. Et son assurance était méritée ; il avait rarement tort, la vie le lui avait prouvé.

Et s'il était navré d'avoir fait de la peine à Amy en la mettant en contact avec son père, il ne regrettait absolument pas d'avoir été jusqu'au bout de son plan. L'expression d'horreur qu'il avait vue sur le visage de Lawson n'avait pas de prix. Le plaisir qu'il avait retiré de sa détresse lui avait apporté trop de satisfaction. Annabel était souriante, insouciante, heureuse avant qu'elle rencontre Lawson. Ce salaud avait brisé sa confiance et sa joie de vivre. Pour cette offense, il méritait bien pire qu'une humiliation publique.

Amy mit un point d'honneur à ne pas faire d'effort particulier en se préparant pour rejoindre Sev. Un pull noir et un jean sobre feraient l'affaire. Elle ne resterait pas longtemps, et elle n'avait pas proposé ce rendez-vous pour lui plaire. Ce bébé créerait nécessairement un nouveau lien entre eux, celui de la parenté, mais aucun sentiment n'entrerait plus en jeu. Si Sev voulait s'investir dans la vie de leur enfant, elle ferait l'effort d'être affable. Un sourire aimable quand leurs chemins se croiseraient. Ce serait la moindre des choses, au moins pour assurer le bien-être du bébé. Mais peut-être que Sev n'en demanderait pas tant : compte tenu de sa propension à mentir et à séduire, il n'était sûrement pas aussi différent de Lawson qu'il le pensait.

Après un dernier baiser pour Hopper, qu'elle enferma dans sa cage avant de le quitter, elle partit prendre le métro. Sev lui avait donné rendez-vous dans une brasserie à la mode, déjà presque pleine quand elle arriva sur les lieux. Elle traversa la foule de professionnels élégants amassés autour du bar. À l'écart, Sev leva une main hâlée pour attirer son attention ;

Dieu merci, il avait choisi un box dans une alcôve, parfait pour leur assurer un peu de discrétion. Elle inspira profondément et prit le chemin de la table.

C'était maintenant ou jamais.

C'était maintenant ou jamais, songea Sev avec détermination. Il allait devoir s'excuser. C'était la seule solution. Il voulait que la vie reprenne son cours, et pour cela, il fallait qu'Amy y revienne. Il ne comprenait pas pourquoi, en si peu de temps, elle s'était creusé une place si importante dans son quotidien et dans son esprit, mais c'était comme ça. Il voulait sa compagnie. Il voulait son sourire. Il voulait combler le vide qu'elle avait laissé derrière elle, et pour cela, il fallait qu'il lui présente ses excuses – malgré l'humiliation.

Le geste de Sev rappelait à Amy leur première rencontre, lorsqu'il lui avait fait signe au café. Un éclair de peine la traversa. Tous les aspects de cet instant avaient été manufacturés – il avait fait semblant de s'intéresser à elle, il avait posé des questions dont il connaissait déjà les réponses. Elle déglutit la boule qui lui obstruait la gorge, et, tendue, austère, elle s'assit sur la banquette en face de lui et ignora l'excitation électrique que ses yeux si fascinants faisaient encore naître dans son ventre.

— Bonjour, marmonna-t-elle sans conviction en tripotant nerveusement la manche de son pull.

Sev inspira profondément, solennel.

— Je suis désolé de t'avoir blessée, murmura-t-il immédiatement. Je n'en avais pas l'intention. Je n'ai pas songé à ce que cette confrontation risquait de te faire subir, et c'était égoïste de ma part.

Elle secoua la tête, mal à l'aise. Elle était soulagée qu'il admette son erreur, mais la petite escapade chez les Lawson était le moindre de ses soucis, à cet instant.

— Je ne suis pas venue pour parler de ça. Laissons cela derrière nous, d'accord ?

— Tu veux quelque chose à boire ? demanda-t-il.

— Juste de l'eau, merci.

Il fit signe à la serveuse, qui les remarqua et accourut ; elle dévorait Sev des yeux comme s'il sortait tout droit d'un film hollywoodien. Comme il commandait, Amy en profita pour l'observer également. Une barbe naissante courait sur sa mâchoire ciselée et soulignait sa bouche sensuelle. Elle retint un frisson et baissa le regard sur la table. Le souvenir de sa bouche sur sa peau suffisait à faire rugir son sang. Elle serra les cuisses en luttant contre l'assaut de souvenirs sulfureux... En vain. La beauté de Sev avait un pouvoir terriblement magnétique.

Quand Sev se tourna vers elle, elle osa soutenir son regard. Il l'examinait avec un demi-sourire, de ses prunelles si profondes et si fascinantes. Sa bouche délicieusement mobile s'incurva sur une moue amusée.

— Alors... pourquoi avais-tu *besoin* de me voir ? s'enquit-il, malicieux.

Amy inspira profondément. Elle prit le temps de boire une gorgée d'eau avant de prendre la parole :

— C'est sérieux.

— Lawson n'a pas pris contact avec toi, quand même ? S'il a trouvé ton adresse et qu'il t'importune...

— Non, non, rien à voir avec Lawson, coupa Amy.

Sev fronça les sourcils. Amy gardait les yeux fixés sur son verre, les joues roses d'embarras. Il aurait aimé tendre la main et prendre la sienne, ou bien l'attirer dans ses bras. Il se retint in extremis. C'était elle qui avait demandé à le voir. Il n'avait pas besoin d'exposer sa faiblesse plus qu'il ne l'avait déjà fait en s'excusant. Elle allait en venir au fait toute seule. Elle avait simplement besoin d'un moment pour se reprendre. Était-elle troublée par sa proximité ?

Il pouvait en profiter pour la contempler, et c'était toujours un véritable plaisir. Il tendit les jambes sous la table. Elle portait un pull si large et si grand qu'elle flottait dedans, mais le noir accentuait l'or pur de ses cheveux et le rose de ses joues, illuminait le bleu-violet de ses grands yeux. Plus incroyables que jamais, ourlés de cils pâles comme des rayons de soleil. Elle était légèrement cernée. Avait-il hanté ses rêves comme elle avait hanté les siens ? L'insomnie l'avait torturé depuis dix jours. Puérilement, il se prit à espérer qu'elle avait perdu le sommeil avec lui.

— Je suis enceinte, Sev, dit-elle soudain.

Et pour Sev, le monde se figea.

Amy déglutit, mais ne détourna pas les yeux. Sev s'était raidi face à elle. Les yeux écarquillés, la bouche bée, le visage soudain cireux, il n'amorça pas un geste.

— Et c'est le tien, ajouta-t-elle précipitamment, de peur qu'il ose poser la question.

Le silence qui suivit était aussi tangible qu'un mur de briques, si puissant qu'il noyait le brouhaha du bar. Il lui sembla durer une éternité. Machinalement, elle joua avec la bouteille d'eau, puis poursuivit :

— Tu te demandes sûrement comment… ?

Sev sembla retomber sur Terre. Il rejeta son orgueilleux visage en arrière, le menton levé de défi, puis plissa ses beaux yeux de bronze, stable et fier comme avant d'aller au combat.

— Je sais comment ça marche, merci. J'ai été irresponsable. Qu'est-ce que tu veux faire ?

La question la toucha, étrangement. Il était si calme, si concentré, si présent. Avec lui, pas d'invectives ou de crise de colère. Elle était en sécurité, au moins.

— Je veux le garder, murmura-t-elle.

Sev inspira profondément.

— Je comprends.

— C'était ma nouvelle urgente, expliqua-t-elle. Mais je ne veux rien de toi, ne t'inquiète pas. Je voulais juste te tenir au courant, parce que c'est ton droit.

Les yeux de Sev étincelèrent.

— Juste mon *droit*, répéta-t-il d'une voix sombre comme un ciel nocturne.

Pensait-elle vraiment qu'il allait s'effacer ? C'était son

enfant, à lui aussi. Il pinça les lèvres, mais ne dit rien de plus. Il devait rester prudent ; quoi qu'elle en dise, il savait qu'elle se méfiait de lui, et il ne voulait pas la brusquer, ni risquer de la mettre mal à l'aise. Face à lui, avec sa peau pâle et ses grands yeux brillants, elle avait l'air d'un ange. La mère de son enfant…

Non, il n'avait pas l'intention de rester sans rien faire ou de prendre ses distances. Il avait vu assez de pères faillir à leurs devoirs ; même le sien, avec toutes les bonnes intentions du monde, était resté absent jusqu'à sa majorité. Non. Il voulait soutenir Amy. Il voulait être la vraie figure paternelle de son enfant.

— Non, je veux participer. Je veux être là, complètement là, murmura-t-il.

Amy hocha la tête. Sev restait très calme, mais il irradiait de tension bridée. Elle pencha la tête, curieuse.

— C'est-à-dire ?

— Je veux venir aux échographies, par exemple.

— Non, répondit-elle sans ambages. Je ne préfère pas.

Sev ne se démonta pas, toujours parfaitement assuré.

— Alors tu pourrais partager les photos et les informations avec moi juste après ? Et j'aimerais aussi t'aider financièrement. Si tu as d'autres besoins, je peux y accéder également.

— Non, je… Non, coupa Amy. Je n'ai besoin de rien tant que le bébé n'est pas né. Je m'en sors très bien. J'ai un travail et un appartement.

Ahuri, Sev la regarda repousser son verre d'eau et se lever.

— Attends… Où vas-tu ?

— Je rentre chez moi. J'ai dit tout ce que j'avais à dire, et toi aussi, non ? Il n'y a rien à faire pour l'instant. Nous ne pouvons pas vraiment prendre de décisions alors que rien n'est fait.

— « *Rien* n'est fait » ? répéta-t-il, aussi perplexe qu'amusé.

— Pense à ce qui est arrivé à ta sœur. Parfois, les choses peuvent mal tourner.

— Rien ne tournera mal, Amy, déclara Sev en refermant

99

sa main sur la sienne avant qu'elle se détourne. Et je suis là, d'accord ? Dès que tu as besoin de moi. Tu as mon numéro. Si tu as besoin de quoi que ce soit, tu peux compter sur moi.

Des larmes de surprise et de soulagement montèrent aux yeux d'Amy ; elle ne savait pas qu'elle avait besoin d'entendre ces mots, mais, soudain, elle avait l'impression qu'on l'avait libérée d'un immense fardeau.

— J'essaye de ne dépendre de personne, Sev.

— Je ne suis pas n'importe qui. Je suis le père de ton bébé. Tu n'as pas besoin d'affronter ça toute seule.

Dans le métro, sur le trajet du retour, Amy rejoua la conversation plusieurs fois dans sa tête. Sur sa main, elle sentait encore la chaleur de celle de Sev.

Un mot de Harold l'attendait sur sa porte. Il lui demandait de passer quinze minutes avant le premier rendez-vous prévu le lendemain matin. Allait-il enfin lui dire pourquoi il avait fermé le cabinet pendant quelques jours ? Elle se coucha tôt, l'esprit encore plein de Sev. Malgré elle, elle devait admettre qu'il avait bien réagi. Il ne s'était pas mis en colère et n'avait pas montré son choc, peut-être par égard pour elle. Il n'avait pas essayé de lui imposer son avis ou son ressenti. Il s'était simplement montré calme, il avait accepté ses termes. Pour être parfaitement honnête, elle n'aurait pas pu espérer une réaction plus positive que celle-là.

Le lendemain, elle se glissa dans le bureau de Harold à l'heure dite. Son patron avait l'air épuisé ; le visage blême, les yeux cernés, l'air las, il lui offrit un sourire piteux.

— Viens, viens t'asseoir, Amy. J'imagine que tu te demandes ce qui se passe. Il faut que tu saches, mon fils reprendra le cabinet dès lundi.

— Ton… « fils » ?

Elle cligna des yeux, perplexe.

— Je suis navré. Nous allons devoir changer beaucoup de choses. J'ai… Je suis malade, Amy. J'ai le cancer. J'ai de bonnes chances de guérison, mais le traitement s'annonce invasif, et je ne peux plus remettre ma retraite à plus tard.

— Je suis désolée, murmura Amy. Je comprends, je comprends très bien.

Elle essayait très fort de ne pas s'inquiéter pour elle-même, mais une boule d'angoisse lui serrait l'estomac.

— J'ai bien peur que le refuge doive fermer. George n'a pas l'intention de prendre en charge le centre bénévole et voudrait utiliser l'espace pour autre chose.

Elle sentit son visage se défaire malgré elle. De toutes ses forces, elle lutta contre les larmes.

— C'est Cordy qui s'occupait du refuge, soupira-t-il. Je l'ai repris à sa mort par devoir, mais nous ne pouvons pas le garder sur le long terme. Nous allons devoir nous occuper de transférer les animaux vers d'autres organisations.

Amy hocha la tête, absolument dévastée. Harold savait aussi bien qu'elle ce qu'un transfert signifiait : en cas de manque de place, les animaux risquaient d'être euthanasiés, surtout quand leurs chances d'adoption étaient très basses. À l'idée que Hopper puisse finir sa vie dans une petite cage à attendre qu'on le pique, sa gorge se serra. Elle en était malade. Harold s'éclaircit la gorge, visiblement réticent.

— En ce qui te concerne… tu ne pourras plus vivre dans la réserve. George veut remodeler tout le cabinet. Il accepte de te laisser un mois de préavis pour trouver un autre appartement, mais j'ai dû me battre pour qu'il t'accorde ce délai. Il pense que je n'aurais jamais dû t'autoriser à t'installer là.

Amy hocha la tête, la bouche sèche.

— Et mon apprentissage ?

Harold fronça les sourcils. Oh ! non. C'était un cauchemar…

— George a déjà une équipe complète. Il travaille dans un domaine de chirurgie spécialisée. Malheureusement, tu n'as pas les qualifications nécessaires pour travailler avec lui. J'ai envoyé des e-mails à plusieurs de mes contacts pour te trouver une place. Je vais essayer, Amy. Tu n'as plus que quelques mois à valider, nous trouverons une solution. Je suis vraiment, profondément désolé de te mettre des bâtons dans les roues. Le cabinet ne rouvrira pas ses portes avant lundi, donc tu es en congés jusqu'à nouvel ordre.

Il n'y avait rien d'autre à dire. Aucune issue. Aucune possibilité de discuter, de changer les choses. Elle souhaita un bon rétablissement à Harold et lui promit de commencer à chercher un nouvel appartement immédiatement. Elle sortit de son bureau d'un pas chancelant, l'esprit embrumé par le choc. Dans le couloir, elle attendit que sa nausée s'apaise avant d'aller chercher Hopper pour l'emmener au parc.

Son pouls rugissait toujours à ses tempes, et l'air frais ne suffit pas à calmer sa panique. Qu'allait-elle donc bien pouvoir faire ? Elle était enceinte, sans logement, et sans travail. Les difficultés qui l'attendaient la terrifiaient, et le destin des animaux du refuge lui brisait le cœur. Et Harold était malade, le pauvre homme ! Elle ne lui en voulait pas, pas une seconde, bien sûr. Le refuge était le projet et le grand amour de Cordy, pas celui de Harold. Elle avait gardé son calme devant lui, pour ne pas l'inquiéter plus qu'il ne l'était déjà. Il n'avait vraiment pas besoin, en plus, d'épauler une jeune femme en larmes pendant qu'elle s'apitoyait sur son sort.

Mais tout s'écroulait sous ses pieds, et elle était complètement dépassée. Les jambes flageolantes, elle s'assit sur un banc, et Hopper grimpa près d'elle. Vingt-trois chiens, six chats et deux lapins avaient besoin d'un toit. *Elle* avait besoin d'un toit, d'un travail, d'un salaire. Elle pressa ses doigts sur ses tempes, le cœur au bord des lèvres. Puis, elle sortit son portable de sa poche, et inspira profondément. La vie des animaux qu'elle chérissait depuis si longtemps prenait de loin le pas sur sa fierté. Elle tapa un long message à Sev pour lui expliquer la situation ; la fermeture du refuge, le transfert des pensionnaires, sa recherche d'emploi. Et enfin…

J'ai besoin de ton aide.

Elle serra les dents. Revenir à lui, si démunie, allait contre tous ses instincts. Elle était indépendante, elle avait toujours affronté les obstacles seule, et elle avait gardé la tête haute. Mais cette fois-ci, elle n'avait pas le choix. Elle expira lentement, et appuya sur *envoyer*.

9.

Sev était en réunion avec ses actionnaires quand il reçut le message d'Amy, et son esprit fila immédiatement à l'essentiel. Vingt-trois chiens, six chats, deux lapins et Amy à loger. La destinée lui donnait une chance de se racheter, et il n'allait pas la laisser passer.

Il ne pouvait pas se mentir ; Amy lui en voulait toujours. Il devait se faire pardonner s'il voulait avoir une relation solide avec leur enfant. Au bar, elle avait amorcé un mouvement de recul quand il lui avait pris la main. Il était encore choqué qu'elle ne lui ait pas pardonné son erreur. Elle s'était montrée si distante, si froide. Il avait d'abord cru que son immense compassion faisait d'elle une personne flexible, et qu'il la persuaderait facilement que sa perspective était la bonne. Mais non, sous son sourire doux, Amy était têtue ; elle ne lui laissait aucune chance d'argumenter. Au bar, elle était venue avec un objectif, et elle l'avait accompli sans fléchir.

Plus surprenant encore, il était excité à l'idée d'avoir ce bébé. Il était choqué de sentir en lui un bonheur impatient, sans remords, sans culpabilité. De toute façon, il se devait d'assumer les conséquences de ses actes ; il avait été imprudent en oubliant de se protéger.

Mais c'était bien secondaire, par rapport à l'inquiétude qui le tenaillait maintenant. L'une des relations les plus importantes de sa vie, celle qu'il entretiendrait avec la mère de son enfant, était peut-être déjà brisée. Il n'avait plus qu'à tout tenter pour la réparer.

Tout était sa faute… Il l'avait mise sur ses gardes ; il ne voulait pas être traité comme un ennemi, mais elle avait déjà commencé à ériger des barrières. Il voulait partager cette expérience avec elle ; il savait combien son père avait souffert d'avoir raté son enfance. Malheureusement, il n'avait pas été assez riche pour engager une équipe d'avocats qui aurait fait le poids contre ceux des Aiken. Pour Sev, néanmoins, l'argent n'était pas un problème.

Malgré ses fonds, il n'était propriétaire que de trois maisons. Il préférait rester à l'hôtel quand il voyageait. Il avait une villa en Italie, sa maison de Londres, et le domaine convoité d'Oaktree Hall, dans le Surrey, où son grand-père maternel était né. Il avait reçu l'acte de propriété pour son vingt et unième anniversaire, avec son fonds fiduciaire, à la grande colère de sa mère, qui désirait mettre le grappin sur Oaktree Hall depuis des années. Son rayonnement culturel, ses connexions ancestrales, tout cela situé à proximité de Londres… Évidemment, Francesca Aiken s'était battue bec et ongles pour l'obtenir.

Quoi qu'il en soit, il avait loué la propriété pendant des années, mais elle était vide pour le moment. C'était une immense bâtisse avec une myriade de dépendances, nécessaires dans le passé, quand le domaine était productif. Il y aurait sans doute assez de place pour vingt-trois chiens, six chats, deux lapins, et une toute petite femme enceinte ? Sev interrompit la réunion, ordonna à son équipe financière de terminer la présentation sans lui, et se mit au travail.

Il était inquiet pour Amy. Dans sa condition, elle n'avait vraiment pas besoin d'être nerveuse. Il passa le reste de la journée à explorer les possibilités qu'offrait Oaktree Hall, en commençant par y aller lui-même. L'endroit était apparemment en condition viable. Il envoya immédiatement son assistant personnel en mission de recrutement. Il emploierait des domestiques localement et devrait faire le nécessaire pour équiper la propriété en conséquence. Il rendit aussi visite au cabinet vétérinaire du village le plus proche. Il espérait qu'Amy décide de mettre en pause son apprentissage, plutôt que de se tuer au travail, mais il devait explorer toutes les options. Tard ce soir-là, il lui passa un coup de téléphone.

— J'ai peut-être trouvé un endroit pour vous loger, toi et les animaux. Mais il faut que tu viennes visiter et que tu me dises ce que tu en penses avant que je me lance dans les arrangements définitifs.

— Moi « *et* les animaux » ? s'étonna-t-elle.

— Oui, mais ça voudrait dire que tu serais responsable de leurs besoins. Je compte te trouver de l'aide, bien sûr, mais ce serait quand même une grosse responsabilité. Je ne veux pas que tu t'épuises…

— Non, non ! Je peux le faire, je suis prête à le faire ! coupa-t-elle d'une voix pleine d'espoir.

Une pointe de culpabilité piqua le cœur de Sev. Ses intentions n'étaient pas exactement pures. Bien sûr qu'Amy ne refuserait pas une opportunité pareille : il n'en avait jamais douté. Mais il ne transformait pas Oaktree Hall en refuge seulement par bonté d'âme. Il voulait qu'Amy revienne dans sa vie. Il voulait qu'elle soit heureuse et en sécurité, et s'il fallait sauver une vingtaine d'animaux pour s'en assurer, ce n'était pas cher payé.

— D'accord. Je passerai te chercher demain à 10 heures.

— Même si ça ne marche pas, merci d'avoir essayé, Sev.

— Je ne vois pas pourquoi cela ne marcherait pas, Amy. Ne t'inquiète de rien.

Il dîna avec Annabel ce soir-là. Elle lui demanda des nouvelles d'Amy, et il lui avoua qu'il avait tout gâché entre eux, mais refusa de lui donner plus de détails. Néanmoins, il lui parla de ce qu'Amy était en train de vivre, et des solutions qu'il avait décidé de mettre en œuvre. À mesure qu'il détaillait les mesures prévues pour Oaktree Hall, Annabel écarquillait plus grand les yeux, abasourdie.

— Sev à la rescousse ? Depuis quand joues-tu les chevaliers blancs avec qui que ce soit d'autre que moi ?

— Amy est enceinte. De moi.

Confesser quelque chose d'aussi intime n'était pas facile, pas pour lui ; mais il fallait bien être honnête avec Annabel. Elle découvrirait tôt ou tard qu'Amy était la fille d'Oliver Lawson, et elle en tirerait ses propres conclusions. Apparemment, les avocats de Lawson l'avaient déjà contactée pour discuter d'une pension alimentaire, et Lawson lui-même avait gardé ses distances. Pour elle, c'était sûrement un soulagement : elle était enfin libérée de ses reproches et de ses invectives. Pour Sev, c'était la preuve que Lawson avait appris sa leçon.

Son aveu arracha une exclamation de surprise à sa sœur ; mais ses yeux clairs s'adoucirent.

— Pauvre Amy… Et toutes ces mauvaises nouvelles qui lui tombent dessus pendant sa grossesse. C'est terrible.

— Et c'est sans compter que je l'ai profondément déçue avant qu'elle apprenne qu'elle était enceinte. J'ai beaucoup à me faire pardonner.

Amy ne dormit pas beaucoup, cette nuit-là, et se réveilla très tôt. Du regard, elle embrassa la petite pièce qui était devenue sa maison ces derniers mois. Elle était triste de la quitter. Pendant des années, elle avait eu une vie instable. Elle avait quitté l'appartement de sa mère pour le foyer, puis avait bougé de famille d'accueil en famille d'accueil. Quand Cordy l'avait accueillie chez elle, elle avait enfin trouvé un endroit où elle se sentait en sécurité. Mais cette stabilité lui avait encore une fois été arrachée après la mort de Cordy. La réserve, aussi exiguë et dépouillée soit-elle, lui avait servi de cocon pendant son deuil.

Comme promis, Sev passa la chercher à 10 heures. En cachant un bâillement embarrassé derrière sa main, Amy grimpa dans la limousine. Sev travaillait sur son ordinateur portable, mais il le referma en la voyant monter.

— Oh ! non ! Tu peux travailler, ça ne me dérange pas. Je dors à moitié, de toute façon.

Avec un sourire reconnaissant, il reprit sa tâche. Pendant

qu'il tapait, elle s'attarda sur son beau profil ciselé et la souplesse riche et sombre de ses cheveux soyeux. Elle se souvenait de leur texture sous ses doigts. Elle se souvenait de chaque détail…

Elle détourna brutalement le regard, les joues brûlantes, submergée par la culpabilité. Malgré ses efforts, l'image de Sev la hantait ; chaque jour, chaque nuit. Aujourd'hui, sophistiqué et élégant dans son chino bien taillé et sa veste décontractée, il était beau à couper le souffle. Ses jambes puissantes, sa taille fine, ses hanches étroites, ses épaules larges… Et sous l'étoffe luxueuse, elle connaissait sa peau hâlée, ses muscles nerveux, son ventre plat et dur. Un frisson fit frémir son échine. Elle aurait pu se gifler ! Il ne lui accordait aucune attention, et elle était en plein fantasme. La réaction de son corps était mortifiante. La faim qu'elle avait de Sev l'avait assaillie dès leur rencontre, et elle semblait insatiable. Quand en serait-elle enfin délivrée ?

— Pourquoi dois-tu déménager aussi vite ? s'enquit soudain Sev.

Il avait assez lutté pour ne pas fixer sa bouche rose et l'imaginer dans des positions plus compromettantes. Même quand elle ne portait qu'un grand pull sombre et un jean informe, Amy le fascinait sans effort. Pas une once de peau n'était découverte, et pourtant, sa sensualité le torturait. Peut-être qu'une conversation anodine le soulagerait un peu.

— Je n'ai pas vraiment le droit de demander un préavis, expliqua Amy. C'était seulement un arrangement officieux. J'étais censée vivre dans la réserve du cabinet sans payer de loyer jusqu'à la fin de mon apprentissage.

— « La *réserve* » ? Tu vis dans une réserve ? Je croyais que tu logeais dans l'appartement du vétérinaire.

— Oh ! non, c'est seulement un petit espace de rangement. Mon patron m'a fait une faveur immense en me laissant le prendre. Je ne gagne pas assez pour payer un loyer. C'est confortable, ne t'inquiète pas. J'avais un minifour dans ma chambre et j'utilisais la salle d'eau du cabinet.

« Une faveur » ? Son patron avait touché le jackpot, oui. Amy était constamment sur place en cas de problème, elle avait dû s'occuper du refuge bien plus souvent que ne le nécessitaient ses horaires rémunérés.

— Te payer décemment aurait été une meilleure option, rétorqua-t-il.

— Harold payait déjà une infirmière à plein temps. Je ne suis pas autorisée à faire quoi que ce soit de spécialisé tant que je n'ai pas mon diplôme. C'était plus facile du vivant de Cordy, parce que j'habitais avec elle, mais après sa mort… j'ai dû déménager, et les loyers de Londres sont hors de prix. Je n'avais pas le budget.

— Et pourtant, tu m'as dit que tu ne voulais pas de mon soutien financier avant la naissance du bébé.

— Je m'en sortais très bien comme ça ! Mais le diagnostic de Harold m'a retiré toutes mes ressources. Je ne pense pas qu'il réussira à me trouver une place dans un délai aussi court, et certainement pas une place bien payée. Je n'avais pas d'autre choix que de te contacter, soupira-t-elle.

Elle croisa nerveusement les mains sur ses genoux.

— Où allons-nous ?

— À la campagne. Il y a assez de place pour les animaux aussi.

Amy se redressa, son joli visage de poupée soudain éclairé d'excitation ; il manqua de rire en voyant ses yeux s'illuminer. Évidemment, elle était plus inquiète pour les animaux que pour elle-même.

— Vraiment ? Pour tous ? Avec moi ? Mais où ? Et comment ?

— C'est une maison de campagne avec des dépendances. Mon arrière-grand-père anglais l'a fait construire dans les années 1920, et j'en ai hérité, en tant que fils aîné de ma mère. Je n'y vais jamais, donc je l'ai longtemps louée.

— Pourquoi tu n'y vais jamais ?

— C'est trop grand pour un célibataire. Ils ont utilisé le domaine récemment pour une série historique. Je ne peux

109

pas le vendre car il est attaché à mon fonds fiduciaire. C'est mon premier enfant qui en héritera.

Elle fronça les sourcils, perplexe.

— Tu veux dire…

— Oui. Ton bébé. Ma mère va être furieuse, dit-il. Elle s'est battue pendant des mois pour que le domaine revienne à son deuxième fils. Malheureusement, mon arrière-grand-père était aussi illégitime. Il n'avait aucune intention de déshériter un de ses descendants pour son statut au sein de la famille. Les termes du fonds étaient très clairs sur ce point.

— Sev… Dis-moi, pourquoi as-tu une relation si conflictuelle avec ta mère ?

— Je pense que je suis son plus grand regret. La seule souillure dans une vie absolument impeccable. Je lui rappellerai toujours qu'elle a rencontré mon père avant mon beau-père. Même si son plus jeune fils, Devon, héritera du titre de baron en tant que premier Aiken, c'est moi qui ai accédé à la majeure partie de l'argent de sa famille à elle, ainsi que de leurs propriétés. C'est ce qui a motivé beaucoup de tensions et de jalousies dans le noyau familial, mais c'est aussi ce qui m'a permis de prendre mon indépendance très jeune et de lancer ma propre entreprise. J'ai appris à accepter les inconvénients avec les avantages.

— Et la famille de ton père ? Comment sont-ils ?

Sev rit doucement.

— Merveilleusement normaux. J'ai quatre demi-frères. L'un d'entre eux est marié. Ma belle-mère me traite comme un fils honorifique. Je ne les vois pas autant que je le voudrais, mais je les ai invités à venir me voir cette année à Noël. Je te serais reconnaissant si tu voulais bien m'aider pour ça.

— T'aider ? Mais comment, je… Oh !

La main d'Amy vola à sa bouche alors que la limousine débouchait dans une grande cour pavée, entourée par d'élégantes dépendances.

— Nous en parlerons plus tard, fit Sev avec un sourire.

Viens, je vais te montrer les écuries, tu vas me dire ce que tu en penses.

Il l'aida à sortir puis la guida vers une haute arche de pierre. Il lui fit visiter les écuries, qui étaient encore vides, mais en très bon état, puis une série de dépendances, avant d'arriver aux hautes portes d'une grande grange vide.

Occasionnellement, sa main tiède frôlait son échine, et un frisson contractait son ventre ; sa voix basse et sombre courait sur sa peau comme une caresse.

— Ce n'est pas parfait, mais je pensais installer des cages sectionnées. Si tu es d'accord, la structure peut être mise en place d'ici deux jours.

Amy cligna des yeux, abasourdie, et se tourna vers lui. Il avait visiblement réfléchi à la question. Il avait organisé tout cela pour lui venir en aide…

— Tu veux installer un vrai chenil ? Sev… Ne t'embête pas avec tant de travaux, c'est trop cher. Il y a assez de place pour les animaux ici. Mais… tu es sûr que tu n'utilises pas cet endroit ? Et la cour…

— Non. Tous ces bâtiments sont inutiles, sauf si je recommence à accueillir des chevaux. Je le ferais si je vivais ici, mais…

— Pourquoi tu fais tout ça pour moi ? murmura-t-elle.

Les yeux plissés, Sev lui lança un petit sourire sardonique ; sous ses longs cils, ses yeux brillaient comme de l'or sous un soleil d'hiver. Elle détourna le regard la première, le visage en feu, les mains moites.

— Nous savons tous les deux pourquoi, rétorqua-t-il. J'ai fait une bêtise, Amy. Je veux me rattraper.

Surprise par sa franchise, elle mordit sa lèvre et ferma les yeux. Il l'avait fait souffrir. Terriblement. Alors pourquoi était-elle touchée malgré elle ?

— Ça me semblait trop évident.

— Parfois, la réponse la plus évidente est la bonne, *gioia mia*.

— Tu veux vraiment accueillir tous les animaux ici ?

— Oui. L'objectif, à long terme, serait de reprendre le refuge et de gérer l'association d'ici.

— Je ne serais pas capable de gérer l'association.

— Je pense que si, mais quelqu'un de plus qualifié pourrait s'occuper de l'aspect administratif pendant que tu te concentres sur le refuge et les soins, la rassura Sev. Quoi qu'il en soit, tu n'as pas besoin de prendre une décision tout de suite, donc ne t'inquiète pas.

Amy secoua la tête, les sourcils froncés.

— Tu décris ça comme si j'emménageais ici pour toujours. C'est juste une solution provisoire, le temps que je trouve un autre foyer pour les animaux. Je ne veux pas m'imposer.

— Amy. Tu vas avoir mon bébé. Bien sûr que je ne veux pas que tu partes. Personne ne vit ici. La propriété a besoin de vie, tu ne crois pas ? Et si elle peut vous servir de toit, à toi et à tes protégés…

— Tu veux que je vive ici ? s'étonna Amy, la gorge nouée.

Elle n'arrivait pas à y croire ! Tout cela, pour elle ? Toute cette organisation, tous ces efforts ? Elle pivota pour échapper à son regard. La tension tremblait sous ses muscles. Comment pouvait-elle faire confiance à Sev ? Il l'avait utilisée pour prendre sa revanche sur son propre père. Il n'avait même pas songé à toute la souffrance qu'il allait infliger. Certes, il essayait de se faire pardonner. Voulait-elle lui pardonner, elle ? Elle n'en savait rien.

Mais elle n'avait pas d'autres choix que d'accepter sa proposition, n'est-ce pas ? Sev lui offrait la stabilité et la sécurité. Pour son bébé et pour les animaux, elle n'avait pas le droit de refuser. Elle savait ce qui l'attendait, si elle laissait sa fierté et sa méfiance prendre le pas sur la logique.

— Il faut que je réfléchisse, avoua-t-elle.

— Pense aux animaux, proposa-t-il avec un demi-sourire.

Oh ! il savait exactement comment l'amadouer…

— Il faut que tu sois sur place pour t'en occuper, et la maison est vide, en dehors de la gouvernante, ajouta-t-il. Le vétérinaire local est d'accord pour proposer ses services.

— Tu penses qu'il voudrait bien que je travaille pour lui ?

— Amy… Avec tout le travail que tu vas devoir entreprendre pour le refuge, il faut accepter que tu ne termineras pas ton apprentissage avant la naissance du bébé. Ta santé passe avant tout. Tu dois te reposer. Tu ne voudrais pas te tuer à la tâche, n'est-ce pas ?

— Mais…

— Ni te mettre en danger. En travaillant au cabinet, tu serais en contact constant avec des produits chimiques, et peut-être même des infections. Même ici, il faudra faire attention à ne pas prendre de risque ; j'ai déjà plusieurs idées pour assurer ta santé. Je sais que tu as beaucoup de projets, mais pour le moment, le plus important, c'est de prendre soin de toi et des animaux, d'accord ?

— C'est trop, Sev. C'est trop, je ne peux pas accepter.

— Pourquoi pas ?

— C'est trop ! J'ai juste besoin d'une solution temporaire, et tu parles de projets à long terme. Tu n'as pas besoin de prendre ce genre d'engagements. Tu ne me dois rien.

— Je te dois énormément, insista Sev en prenant ses mains dans les siennes.

Elle s'arrêta et leva les yeux vers lui, immédiatement piégée par ses yeux expressifs.

— C'est ma façon de te demander pardon, d'accord ?

Troublée par sa proximité et par le parfum enivrant de son eau de Cologne, Amy lui arracha ses mains d'un geste brusque.

— C'est une très bonne option pour les animaux, c'est vrai. Mais je ne peux pas accepter de vivre chez toi.

— Même si tu me faisais une faveur en acceptant ?

Elle leva les yeux au ciel.

— Bien sûr…, railla-t-elle. Et quelle faveur ?

Sev lui tint la porte de la grange et la précéda sur les marches basses qui menaient à la bâtisse principale ; ils s'engouffrèrent dans un hall chaleureux, tapissé de boiseries et rempli de meubles sombres, de bibelots, de livres et de tableaux. L'endroit ressemblait à une adorable boutique d'antiquités.

— Viens, je vais te faire visiter, déclara Sev en ouvrant deux grandes portes vitrées.

Elle le suivit à travers un salon aux couleurs chaudes, puis une bibliothèque, et une série sans fin de salles à manger et de pièces à vivre en tous genres.

— Ma gouvernante s'occupe d'engager une équipe pour toutes les obligations de la vie quotidienne : le ménage, la cuisine, préparer les chambres pour mes invités. Mais j'ai besoin de quelqu'un de confiance pour faire du tri, et je n'ai plus que deux semaines avant Noël. Tu te souviens ? Je veux accueillir ma famille. Tu serais parfaite pour donner à cette maison l'air festif dont elle a besoin pour Noël. Si tu emménageais ici pour t'occuper de ça, tu me rendrais un énorme service.

Amy détacha son regard fasciné d'une plaque commémorative victorienne particulièrement morbide qui ornait le manteau de cheminée en marbre. Effectivement, ces pièces pouvaient être un peu arrangées… Mais elle n'était pas dupe. Elle se tourna vers lui.

— Pourquoi as-tu attendu aussi longtemps pour commencer à t'organiser ?

Sev n'était pas assez stupide pour lui avouer qu'il avait initialement eu l'intention d'accueillir sa famille dans sa maison londonienne, où ses employés auraient très bien pu prendre la décoration en charge. Migrer à Oaktree Hall était une excuse pour convaincre Amy, et qu'elle se sente moins coupable d'accepter sa proposition, évidemment.

— J'ai eu beaucoup de choses à penser, répondit-il vaguement.

Ce n'était pas un mensonge. Mentir à Amy, même pour assurer son bonheur, lui laissait un mauvais goût sur la langue. Même l'omission devenait plus difficile : quand il plongeait dans ses beaux yeux violets et esquivait son infaillible franchise, il avait l'impression de faillir à tous ses devoirs.

114

— Il faut que nous en discutions, Sev. Une vraie conversation, insista Amy, anxieuse, alors qu'il l'escortait dans un escalier digne d'un palais.

— C'est ce que nous sommes en train de faire, non ? fit-il d'un ton léger.

— Tu n'as pas parlé d'argent. J'imagine que tu ne veux pas que je te paye de loyer ?

— Bien sûr que non. Ne parlons pas d'argent.

Les joues rouges, Amy secoua la tête.

— Je ne peux accepter ça, Sev. Je ne travaillerai même pas, je ne pourrai pas participer aux dépenses… Qui va payer pour la nourriture et la litière, et les médicaments ?

Il aurait préféré éviter ces détails… Mais Amy n'avait jamais eu la langue dans sa poche, et elle n'avait de toute évidence pas l'intention de commencer maintenant.

— Moi. C'est mon œuvre caritative… Ne t'inquiète pas, ce sera déduit de mes taxes, susurra-t-il, espiègle.

Amy croisa les bras. Elle savait qu'il disait cela pour l'apaiser un peu, mais, en l'occurrence, la déduction des taxes allégeait un peu sa culpabilité.

— Tu ne peux pas déduire mes dépenses à *moi*.

— C'est mon bébé. J'ai le droit de m'occuper de la mère de mon enfant, tu ne crois pas ?

Il poussa la porte d'une grande chambre.

— Le droit, oui, mais pas l'obligation, Sev, répondit Amy doucement. Nous ne sommes pas mariés. Je comprends ce que tu essayes de faire, mais je ne veux pas profiter de ta générosité. Je ne peux pas refuser, pour les animaux, mais…

— Je n'attends rien d'autre de toi qu'un peu d'aide pour rendre la maison présentable avant Noël. Je peux t'emménager d'ici quarante-huit heures. Le transport des animaux et de tes possessions ne devrait pas poser de problème.

Elle poussa un soupir. Il ne voudrait rien entendre, n'est-ce pas ?

— Je n'ai qu'une grosse valise. Mon patron m'a prêté mes meubles et mon four. J'ai l'habitude de voyager léger.

115

Sev se tourna vers elle, les sourcils froncés. Tout ce qu'elle possédait rentrait dans une seule valise, et elle n'avait l'air d'y accorder aucune importance. Son cœur se serra ; il pinça les lèvres, mais ne fit aucun commentaire. Elle s'était avancée dans la pièce, curieuse, et explorait les autres portes : la salle de bains moderne, le dressing avec ses hautes penderies et ses multiples étagères. Elle arborait un demi-sourire un peu amusé. Il savait ce qu'elle pensait : c'était beaucoup trop d'espace pour ses maigres possessions.

Elle revint vers lui ; l'hésitation froissait encore son visage, mais elle semblait avoir pris sa décision.

— Très bien. Je veux bien emménager ici, du moment que nous sommes clairs : c'est temporaire.

Sev hocha la tête, machinalement. Un acquiescement sans acquiescer. Le principal, c'était qu'Amy soit en sécurité, et à l'aise. Le long terme pourrait être négocié plus tard.

Quand la SUV noire qu'on lui avait envoyée ce matin-là bifurqua dans l'allée délimitée par le grand mur du domaine, Amy écarquilla les yeux. Lors de sa première visite, la limousine avait pris l'entrée de service, sans doute à la requête de Sev, qui ne voulait pas l'intimider plus qu'elle ne l'était déjà. Aujourd'hui, elle entrait par la grande cour et voyait Oaktree Hall dans toute sa terrifiante splendeur : la superbe grille de fer forgé, encastrée dans deux hautes tourelles. Derrière, au bout d'une magnifique allée lignée d'anciens peupliers, la grandiose bâtisse attendait, trônant au-dessus d'une cour dallée. C'était un rêve éveillé. Vivre dans une maison de cette taille ? Elle venait de quitter un débarras sous les combles ! Elle n'était qu'une jeune femme ordinaire ; elle n'avait rien à faire dans un manoir tout droit sorti d'un conte de fées.

À la porte, la gouvernante l'accueillit avec un sourire chaleureux.

— Bienvenue chez vous ! Appelez-moi Martha. Installez-vous, je vais faire venir des scones et du café dans le petit salon pour fêter votre arrivée dans votre nouvelle maison.

Oh ! non, ce n'était pas sa nouvelle maison – elle aurait voulu protester, mais comment la contredire ? Martha était une employée. Elle ne connaissait pas l'étrange statut qu'elle avait dans la vie de Sev.

Quand Sev se serait lassé de jouer les bons Samaritains pour se donner bonne conscience, il serait ravi de la voir déguerpir, elle en était certaine. D'ici quelques mois, ils n'auraient certainement plus que des contacts sporadiques. Elle s'installa sur un canapé un peu usé, mais confortable, et attendit son café. Dans la cheminée, un feu crépitait joyeusement et faisait danser des reflets chauds et lumineux sur les murs boisés. Amy se releva pour explorer la pièce. Sev lui avait demandé de rendre la propriété plus accueillante pour ses invités, et elle prenait sa promesse à cœur. Elle déambula entre les tables d'appoint et les sofas en prenant note de ce qui pouvait être retiré – quelques meubles inutiles, et une multitude de bibelots qui, pour l'instant, couvraient toutes les surfaces.

Elle se rassit quand Martha apparut avec un plateau. La gouvernante lui raconta que sa mère, et sa grand-mère avant elle, avaient travaillé à Oaktree Hall. Elle avait même connu les propriétaires précédents – la tante de Sev.

— Oh ! peut-être que vous pourriez m'aider à choisir ce que je dois garder et ce qui devrait être envoyé en garde-meuble ?

— Je ne saurais pas quoi choisir, Miss Taylor. Avant M. Cantarelli, la famille cultivait leur capharnaüm. Ils ne voulaient rien changer. Mais tout est déjà organisé : M. Cantarelli vous a laissé des étiquettes pour marquer les pièces à transférer. Une équipe de déménageurs s'occupera des meubles, et j'empaquetterai les bibelots pour les transposer au grenier.

— Sev a vraiment tout prévu, hum ? répondit Amy avec un sourire forcé.

Elle mordit dans son scone, pensive.

— C'est un homme très efficace, fit Martha avant de la quitter.

C'était le cas de le dire. Amy avala une gorgée de café, pensive. Sev semblait avoir décidé qu'elle ne lèverait pas le petit doigt, comme si son début de grossesse était un fardeau qu'elle ne pouvait pas endurer sans soins constants. Pour l'amour du ciel ! Elle n'était pas en sucre. D'accord, elle était touchée qu'il soit aussi investi dans la bonne santé du bébé, mais elle n'allait pas passer neuf mois à paresser sur un sofa.

— Désolé, j'étais avec le gestionnaire du domaine quand tu es arrivée.

Elle sursauta et leva les yeux. Sev était apparu à l'entrée du salon et l'observait tranquillement.

— Oh ! s'écria-t-elle en rattrapant sa tasse de justesse. Qu'est-ce que tu fais ici ?

— J'habite ici en ce moment.

Son visage était resté sérieux, mais ses yeux de bronze pétillaient d'amusement. Amy reposa sa tasse. Elle remarqua enfin que le plateau était dressé pour deux et non pour elle seule. Elle cligna des yeux, puis bondit sur ses pieds.

— Quoi ? Non, ce n'était pas prévu ! Nous ne pouvons pas vivre sous le même toit, Sev !

Sev ferma la porte et s'appuya nonchalamment contre le battant. Dans son jean et son pull sombre, il avait l'air plus imposant, plus irrésistible que jamais. Il arqua un sourcil sardonique.

— Et pourquoi pas ?

10.

Amy ouvrit la bouche, mais la referma immédiatement. Bien sûr. C'était la maison de Sev et il pouvait y vivre s'il en avait envie. Elle n'avait pas voix au chapitre. Elle croisa les bras, toujours sur la défensive.

— Je n'avais pas compris que tu vivrais ici quand j'ai accepté d'emménager. Je pensais que tu resterais à Londres.

Sev sourit en se servant une tasse de café avec la plus totale des décontractions.

— Je n'ai pas l'intention de te harceler. C'est une très grande maison.

Sa nonchalance ne faisait qu'augmenter son agacement. Il le faisait exprès. Il la regarda au-dessus de sa tasse sans se départir de son sourire.

— Quand tu seras prête, je t'emmènerai voir le chenil. Tout est prêt pour accueillir les chiens.

Elle hocha la tête, tendue. Sev allait vivre *avec* elle. Aussi passionnée par le refuge qu'elle l'était, c'était cette idée-là qui bouillonnait dans son esprit à cet instant.

— Et ensuite, je me suis dit que tu voudrais bien choisir un arbre pour le grand hall ?

— Un... « Un arbre » ?

— Un arbre de Noël ? clarifia-t-il. Tu as l'air un peu perdue, *cara mia*.

Amy se frotta le front, frustrée. Comment parvenait-il toujours à la mener par le bout du nez ? Elle passait son

119

temps à se ridiculiser. Pour fuir son propre embarras, elle pivota avec détermination et changea de sujet :

— Tu as des étiquettes pour moi, c'est ça ?

— Tu n'as pas besoin de te mettre au travail immédiatement.

— Je préfère toujours être occupée.

Mais son cœur battait la chamade, et elle était furieuse contre elle-même.

Dix minutes plus tard, il lui ouvrait les portes de la grange, où une longue série de cages en métal avait été installée pour les chiens. Une structure adjacente avait été transformée en maison à chats. Amy n'avait plus qu'à décider où elle voulait mettre les lapins, même si Sev semblait parfaitement prêt à prendre d'autres décisions exécutives si elle n'en avait pas envie. La dernière fois, elle lui avait laissé une liste de fournitures essentielles, nourriture, literie, et les fondamentaux en termes de médication. Tout était déjà arrivé et stocké dans un nouvel espace de rangement, à l'intérieur de la grange. Les animaux emménageraient dès le lendemain, au grand bonheur du fils de Harold, qui avait hâte de commencer les travaux au cabinet. Son ancien patron lui avait offert une carte-cadeau, et elle lui avait promis de garder contact. Harold n'avait pas osé poser de questions trop intrusives, mais il brûlait visiblement d'en savoir plus sur sa relation avec Sev. Elle avait contourné le sujet, embarrassée, et ne lui avait pas parlé du bébé.

Après la visite, Sev la ramena à la SUV. Il prit le volant, cette fois. Il les conduisit de l'autre côté du domaine. C'était là qu'un de ses locataires avait une pépinière forestière où ils pourraient choisir leur arbre de Noël. Sev assura au vieil homme qu'il pourrait s'occuper de couper l'arbre lui-même et lui emprunta une hache.

Amy, de son côté, avait l'estomac noué d'angoisse. Elle avait déjà passé trop de temps avec Sev pour son propre bien. Les sentiments qu'elle avait pour lui étaient bien plus difficiles à étouffer lorsqu'il était là, près d'elle. Quand sa main tiède frôlait son coude ou ses reins, et son humour sec lui rappelait constamment leur ancienne complicité.

Ils partirent ensemble vers la futaie. Sans prévenir, Sev s'enquit :

— Tu ne parles jamais du temps que tu as passé en famille d'accueil.

Déroutée par l'intimité de sa question, Amy leva les yeux vers lui ; ses prunelles étaient déjà posées sur elle. Croiser son regard lui fit l'effet d'un coup de poignard.

— Je… n'ai pas grand-chose à dire, murmura-t-elle, mal à l'aise. À l'époque, j'étais trop blessée par l'abandon de ma mère pour me soucier de mon environnement. Personne n'a été cruel avec moi, mais personne ne me portait beaucoup d'intérêt non plus. Je ne voulais pas créer de liens, de toute façon. Je n'ai laissé de chance à personne. Je connaissais déjà Cordy, et elle est revenue dans ma vie à ce moment-là. Elle m'a offert de m'accueillir. Elle me voulait pour moi-même, parce qu'elle m'aimait, pas pour le chèque de l'État. Elle m'a beaucoup aidée. Avec elle, je pouvais parler, exorciser. Me pardonner pour les erreurs que j'avais faites.

— Tu penses que tu seras capable de me pardonner, moi ?

Prudemment, pour prendre ses distances, elle marchait un peu en retrait, quelques pas derrière lui. Elle s'efforçait aussi d'observer la forêt et les champs alentour plutôt que de s'attarder sur sa haute silhouette et ses épaules puissantes. Elle poussa un soupir.

— Ce serait plus facile si tu arrêtais de me complimenter ou d'essayer de flirter avec moi.

— Impossible, riposta-t-il sans l'ombre d'un remords. Écoute, Amy. J'ai fait une erreur. J'en suis conscient. Je t'ai demandé pardon, mais tu ne m'écoutes pas.

Une bouffée de colère la prit à la gorge ; soudain, une fureur brûlante bouillonnait dans ses veines et lui fit serrer les poings. Elle s'arrêta net au milieu du sentier.

— Pourquoi devrais-je t'écouter ? s'écria-t-elle.

121

Sev fit volte-face. Son expression légère s'était envolée ; ses traits aiguisés s'assombrirent.

— Parce que j'essaye. J'essaye sans arrêt. Et tu ne fais aucun effort.

Elle leva les yeux au ciel, fulminante.

— Pourquoi devrais-je faire des efforts ? Même si tu m'avais parlé de ton plan dès le début, nous n'avions pas d'avenir, Sev. Au fond, dans ton cœur, tu es froid. Tu ne penses à personne d'autre qu'à toi-même. Tu évolues dans un cercle fermé, bienheureux et élitiste. J'ai juste l'attrait de la nouveauté. Pauvre petite Cendrillon. Mais je n'ai pas besoin de ta pitié, et je ne vis pas dans ton monde. Nous n'avons rien en commun.

— Je ne m'attendais pas à ce que la douce petite Amy soit aussi butée...

Oh ! c'en était trop. Amy leva le bras, prête à le gifler, mais, vif comme l'éclair, il attrapa son poignet et la fit reculer contre le tronc d'un arbre énorme.

— Vas-y, je t'écoute. Insulte-moi, provoqua-t-il. C'est bien mieux que ton silence boudeur.

— Je ne « boude » pas ! Et qu'est-ce que tu veux, exactement ? Tu as obtenu ce que tu voulais, tu as ruiné mon père. Tu me désirais, tu m'as eue aussi. La partie est terminée, Sev !

— Pourquoi ne veux-tu pas accepter que je te veuille *toujours* ? rétorqua Sev en haussant le ton à son tour, les yeux brillants de colère. Parce que tu n'y crois pas ? Parce que tu préfères te protéger plutôt que de prendre le risque ? Ou alors tu es bel et bien lâche, et tu t'enfuis dès que les choses se compliquent. Si c'est ça, la vérité, tu n'es pas celle que je pensais, et tu as raison, j'arrêterais de te poursuivre.

— Je croyais que tu ne poursuivais jamais personne ? siffla-t-elle.

Sev accusa le coup et recula d'un pas. Elle soutenait toujours son regard. Comment parvenait-elle à l'embraser ainsi, avec quelques mots, alors qu'il se targuait de toujours garder son sang-froid ?

Leurs regards s'accrochèrent. Dans ses yeux sombres, Amy reconnut la convoitise, la faim, la ferveur, et un frémissement roula en elle comme un coup de tonnerre. Enivrant, irrésistible. Quelque part, au fond de son esprit, le soulagement et l'excitation pétillèrent ; il n'avait pas menti, il n'avait pas simplement voulu l'amadouer en flirtant avec elle – il la voulait toujours, il la voulait *réellement*. Et pour la première fois depuis leur séparation, elle ne se sentait plus victime. Elle se sentait puissante.

Elle était toujours emprisonnée contre le tronc, et il savait qu'il aurait dû la laisser partir, mais, plongé dans le violet électrique de ses yeux brillants, fasciné par son adorable visage, sa bouche rose et pulpeuse, son menton toujours levé, volontaire et défiant, il oublia instantanément toutes ses bonnes résolutions.

Il s'inclina sur elle et l'embrassa à perdre haleine.

Amy sentit ses genoux trembler et son esprit s'embraser. La vérité éclata en elle alors qu'il la soulevait dans ses bras : elle ne pouvait pas se passer de lui. Elle ne pouvait pas se rassasier de lui. Comme si tous les vestiges de sa fureur et de sa peine s'étaient soudain mués en une passion aveuglante, elle agrippa sa nuque et l'attira violemment à elle.

Sev la cala contre le tronc d'arbre et pressa son érection entre ses cuisses ; elle gémit tout bas, le visage enfoui dans le creux de son cou, terrassée par le désir insensé qui la submergeait toujours quand il la touchait. Contre lui, elle se sentait déjà pulser, avide et affamée.

— Nous devrions rentrer, marmonna Sev en brisant le baiser, le souffle court.

Mais son bassin ondulait toujours à la rencontre du sien et la rendait absolument folle.

— Si tu oses t'arrêter maintenant…, siffla-t-elle.

Sa menace la surprit autant que lui, mais elle ne lâcha pas sa nuque. Elle avait besoin de lui, immédiatement. Sev baissa les yeux sur elle, étonné, puis laissa échapper un petit rire rauque avant de capturer sa bouche, languide maintenant.

La torture de sa langue experte faisait vibrer ses veines. Il la reposa sur le sol et ouvrit lentement son jean. Tortionnaire. Ses longs doigts hâlés, délicieusement frais dans la chaleur torride de son désir, glissèrent entre ses cuisses, puis en elle. En quelques secondes, le cœur battant à tout rompre, les paupières closes, elle s'abandonnait à l'extase. À l'instant où elle émettait un gémissement suppliant, il la souleva dans ses bras et la manœuvra sur lui avec précision. Son coup de reins l'embrasa comme un feu d'artifice, un sursaut d'excitation bouillonnante qui déferla dans son corps tremblant et acheva de lui faire perdre la tête. Elle ne savait pas ce qu'elle faisait, ce qu'elle disait, seulement qu'elle s'agrippait à ses cheveux et son épaule avec un sanglot ; elle convulsa contre lui, les nerfs en feu, alors qu'il laissait à son tour échapper un grognement de jouissance.

Ils restèrent un moment immobiles, accrochés l'un à l'autre, pantelants. Quand Sev la fit lentement retomber sur le sol, la réalité reprit ses droits.

Oh ! non. Qu'avait-elle fait ? Comment pouvait-elle le regarder en face ?

— Je... C'était juste du sexe. Ça m'avait manqué, c'est tout, marmonna-t-elle, les mains tremblantes.

Oui, c'était une excuse très convaincante. Il savait aussi bien qu'elle n'avait connu que lui, et pendant une seule nuit. Le visage brûlant de honte, elle ajusta ses vêtements. Elle ne pouvait pas le laisser voir son humiliation. Elle raidit les épaules et leva le menton. Elle avait fait une erreur, et elle n'était pas du genre à ne pas en accepter les conséquences.

Il l'avait traitée de lâche quelques minutes plus tôt. Elle lui montrerait qu'elle n'était pas lâche. La vérité était simple. Elle était follement amoureuse de Sev Cantarelli, même si elle savait à peine épeler son vrai nom. Elle n'était pas indifférente à ses efforts, ses excuses, et la compassion qu'il avait montrée aux animaux qu'elle aimait tant.

Comment pourrait-elle lui résister ? Il était implacable,

fluide et lisse comme de l'eau, et s'ajustait expertement à la situation, quoi qu'elle fasse.

— Choisissons un arbre avant que la nuit tombe, répondit Sev sans ciller.

Il ramassa souplement la hache et ouvrit la marche. Elle ne pouvait pas lui refuser cela : il avait le don d'avancer malgré les obstacles. Son silence était un soulagement et une frustration tout à la fois. À quoi s'était-elle attendue ? Elle ne savait pas quoi penser. Et elle avait toujours envie de lui rendre la pareille. De le blesser comme il l'avait blessée.

Sev était pratiquement euphorique, le corps encore tremblant d'endorphines, les sens aiguisés par un plaisir acéré, un plaisir qu'il n'aurait jamais imaginé avant de rencontrer Amy. Oui… Oui, elle lui avait manqué. Il aurait préféré que son désir reste exclusivement physique, mais il était aussi tenaillé par le besoin de la rendre heureuse, de lui donner tout ce qu'elle voulait. Il brûlait de la faire sourire. Était-ce parce que, si elle était heureuse avec lui, elle se donnerait à lui ? Oui, sans aucun doute. C'était seulement une obsession charnelle. Une obsession folle. Il la voulait assez pour faire tous les efforts du monde, des efforts qu'il n'avait jamais envisagés auparavant. Quoi d'autre ?

— Celui-ci est très joli, marmonna Amy derrière lui.

Sans la regarder, Sev suivit la direction de sa main. Il sentait le malaise dans sa voix ; il était certain qu'elle rougissait, et s'il n'y prenait pas garde, il se prendrait à rougir à son tour. Mais, *Dio*… Leurs étreintes le dévastaient. Chaque caresse, un brasier dévorant. Et dire qu'il s'était targué d'avoir une vie sexuelle de Casanova avant elle – et pourtant, il n'avait jamais connu une passion pareille. *Madre di Dio*, il n'était pas amoureux, tout de même ? Il se souvenait du mariage de son demi-frère, Tor – avec horreur, il l'avait entendu roucouler que sa femme, Pixie, illuminait sa vie. Il avait réprimé un ricanement, à l'époque. Il ne faisait pas dans les sentiments.

Il ne croyait pas à l'amour, pas pour lui-même en tout cas, il n'avait pas l'intention de se marier, et pourtant… imaginer Amy avec un autre homme le déchirait de fureur et de chagrin. Il ne voulait pas qu'un autre s'interpose entre lui et elle. Il voulait seulement qu'elle soit à ses côtés, avec leur bébé. Ils pourraient vivre ensemble. Son enfant serait illégitime… Mais il l'était lui-même, et il n'en avait jamais souffert, si ?

Hum… En l'occurrence, si, il en avait souffert. Il avait passé des années à rêver d'un autre foyer. Quand il avait enfin rencontré son père, il était adulte. Il avait appris à le connaître… lentement, prudemment. Au début, méfiant et cynique, il avait gardé Hallas Sarantos à distance, incapable de lui faire confiance. Il ne pouvait pas être aussi sincère qu'il le disait, pas aussi heureux et chaleureux qu'il le semblait. Avait-il vraiment essayé de prendre contact avec lui, comme il le disait ? Était-il vraiment peiné de voir son fils se comporter avec lui comme un inconnu ?

Avec le temps, sa réserve s'était émoussée. Mais avant Amy, il avait continué de protéger ses arrières. Il avait appris très jeune qu'il ne pouvait compter sur personne.

Et pourtant… qui savait ce que lui réservait l'avenir s'il n'épousait pas Amy ? Le mariage était un engagement, une promesse de fidélité et de stabilité. C'était ce que son père et Tor avaient choisi. Et s'il était honnête avec lui-même, il devait admettre qu'il connaissait plusieurs couples heureux, hors de la branche maternelle de sa famille.

Sev abattit la hache sur le tronc du sapin. Le manche lui brûla les paumes, mais il y avait quelque chose d'intensément satisfaisant dans le poids de la hache, et ses coups rythmiques, et la tension de ses muscles. Bien plus facile que de se perdre dans le désert émotionnel sur lequel il avait construit sa vie et qu'il voulait pour la première fois fuir. Songeait-il vraiment à épouser Amy ? L'idée de sa propre vulnérabilité lui faisait horreur. Alors, il continua de passer sa frustration furieuse sur le grand arbre.

Amy devait l'avouer, regarder Sev abattre le sapin était étrangement sexy. Après ce qu'ils venaient de partager, elle avait le corps encore frémissant, et elle – oh ! elle devait cesser de penser à Sev de cette façon. Elle avait fait une erreur. Elle n'aurait pas dû s'attarder sur le mouvement hypnotique de ses muscles sous la laine du pull, la ligne dure et tendue de son ventre, la largeur de sa poitrine, l'étroitesse de ses hanches, soulignée par son jean brut. Elle n'aurait pas dû, et pourtant, il fallait être honnête – tout chez Sev l'excitait à mourir. Elle ne contrôlait ni ses yeux, ni ses pensées, ni sa libido quand il était avec elle. Et elle allait devoir freiner des quatre fers et reprendre le contrôle d'elle-même si elle voulait pouvoir vivre sous le même toit que lui sans faillir à tous ses principes.

Ce soir-là, elle aida Sev à émonder et installer l'arbre de Noël dans le grand hall, puis se mit au travail dans les salons adjacents. Ils avaient prévu de décorer le sapin dans les jours qui suivraient. En attendant, elle entreprit d'étiqueter les meubles qu'il faudrait transférer avant l'arrivée des invités. Quand elle aurait clairsemé un peu le bric-à-brac, la maison serait magnifique. Sev la laissa travailler en paix, et elle parvint presque à se convaincre qu'elle en était reconnaissante. Elle avait réussi à faire taire sa frustration quand elle monta dans sa chambre pour prendre un merveilleux bain chaud.

Elle venait de se coucher dans le lit le plus confortable qu'elle ait jamais connu quand la porte s'ouvrit sur Sev, seulement vêtu d'une serviette. Elle sursauta et se redressa sur un coude.

— Sev, qu'est-ce que… ?

— Quoi ? Tu as bien dit que ce n'était que du sexe, non ?

Il avança de quelques pas. Il parlait d'une voix très douce. Peut-être attendait-il un signe – un refus, une invitation.

— Si ce n'est que du sexe, nous n'avons pas besoin d'arrêter, n'est-ce pas ?

Amy était toujours bouche bée, abasourdie par une perspective qu'elle n'attendait absolument pas, et par la provocation à peine dissimulée. Il utilisait ses mots contre elle. Et elle ne désirait rien aussi follement que d'accueillir Sev dans son lit – maintenant, immédiatement, toute la nuit.

Il n'avait pas tort…

Le silence craquela entre eux. Elle déglutit difficilement.

— Tu as raison, souffla-t-elle finalement, les joues en feu.

Sans aucune once de timidité, Sev laissa tomber la serviette. Son corps magnifique était ourlé d'or dans la lumière tamisée de la lampe. De son grand pas félin, il la rejoignit sur le lit.

— Faisons simple. Juste toi et moi. Exclusivement toi et moi. D'accord ?

— D'accord.

Dans d'autres circonstances, elle aurait peut-être ri. Que croyait-il, que les hommes allaient se bousculer pour l'emporter vers d'autres horizons ? Elle était enceinte, et ordinaire, et surtout… elle n'avait d'yeux que pour lui.

Mais il était si naïf. Rien n'était simple dans le sexe, pas entre eux. Elle était enceinte de lui. Elle vivait avec lui. Pensait-il vraiment qu'une liaison n'aurait aucune conséquence ?

— Et nous vivons ensemble ici, ajouta-t-il.

Elle ne pouvait s'empêcher d'admirer son assurance. Il avançait sans hésiter, propulsé par la seule force de son aplomb. Il la poussait à prendre des risques alors qu'elle avait toujours été si freinée par ses propres doutes.

— Ah bon ?

— *Sì*, murmura Sev en se penchant sur elle.

Il était ébranlé par la promesse qu'il venait de lui faire à demi-mot. Elle semblait parfaitement sereine. Elle n'avait pas remarqué qu'il avait passé un tournant. Elle l'avait accroché, attaché sans même qu'il s'en aperçoive. Et voilà qu'il lui demandait de l'ajouter à ses liens, de contenir et de limiter sa liberté ; de son plein gré, il abandonnait son indépendance, et ce nouvel état de fait le terrifiait. Mieux valait se perdre dans les bras d'Amy.

11.

Seulement dix jours plus tard, Amy abaissa son jean de maternité pour que l'obstétricien fasse passer la sonde sur son ventre, déjà bien plus rond qu'elle ne s'y attendait. Comme ses habits ne lui allaient plus, Sev en avait profité pour lui offrir une nouvelle garde-robe – des cadeaux qu'elle n'avait pas vraiment pu refuser, sans salaire pour s'acheter elle-même de nouveaux pantalons. Surprise par la vitesse de développement du ventre d'Amy, le consultant que Sev avait engagé les avait envoyés faire une échographie.

— Oh ! oh, roucoula l'obstétricien, enchanté. Maman et papa attendent des jumeaux !

Amy étouffa une exclamation de surprise, les yeux fixés sur l'écran. La poigne de Sev se crispa autour de ses doigts.

— Ici... et ici, continuait le docteur en leur montrant deux points sur le moniteur.

— Deux..., marmonna Sev, la voix rauque.

Amy leva le regard vers lui, le cœur battant. C'était sûrement un cauchemar pour lui. Un bébé était déjà une grande responsabilité, mais deux ? Un homme aussi indépendant et résolument célibataire que Sev devait être horrifié. Bien sûr, il ne dirait rien, pour ne pas la blesser, mais secrètement... Oui, elle en était certaine. Elle détourna bien vite le visage et n'osa plus le regarder.

— Quand pourrons-nous savoir le sexe ? demanda Sev.

Elle décela dans sa voix habituellement si sereine un tremblement infime, et son cœur se serra. Le médecin les

129

informa qu'il faudra encore attendre quelques semaines, et, après l'échographie, ils retournèrent voir le consultant.

Dans le bureau de l'expert, Sev continua de donner le change admirablement. Amy l'observait, l'estomac noué. Il avait presque l'air excité à l'idée d'avoir des jumeaux. Sûrement pour le bénéfice de l'équipe médicale. De son côté, elle était inquiète, mais heureuse que sa grossesse progresse sans difficulté. Elle devrait faire plus attention que prévu, mais, pour le moment, tout allait bien.

Dans la limousine, Sev posa une main sur la sienne.

— Il faut qu'on se marie, dit-il sans cacher son amusement. On ne peut pas les laisser tous les deux gambader en liberté sans mon nom de famille.

Amy secoua la tête et retira doucement sa main.

— Sev… De nos jours, personne n'est obligé de se marier pour avoir des enfants.

Sev cligna des yeux. Il lâcha un grognement impatient.

— Tu es si littérale, parfois ! D'accord, ce n'était pas la demande la plus romantique du monde, mais… au cas où tu n'avais pas remarqué, je ne suis pas un homme très romantique.

— Nous sommes très heureux comme ça, rétorqua Amy.

— Toi peut-être, mais pas moi.

Il voulait que son avenir avec elle soit assuré. Il voulait lui promettre que tout cela était permanent.

— Deux enfants ? ajouta-t-il. Amy, je pense qu'on devrait se marier au plus vite.

Amy inspira lentement, profondément. Les larmes lui brûlaient les yeux. Oh ! non, elle n'allait pas éclater en sanglots, pas ici. C'était… Sa grossesse la rendait terriblement émotive, et n'importe quoi lui donnait envie de pleurer, ces temps-ci. Rien de plus.

— Personne n'a envie de se marier sur un prétexte, Sev. Réfléchis à ce que tu dis.

— Je ne te demande pas de m'épouser parce que tu es enceinte, rétorqua Sev d'un ton brusque. C'est aussi… à cause des… des autres choses.

Il s'interrompit et déglutit difficilement. Il avait mal présenté l'idée, il avait mal choisi son moment, et il allait encore une fois tout gâcher…

— Quelles « choses » ?

— Nous. Nous… nous entendons bien. Nous sommes bien ensemble, non ?

Il n'avait pas le vocabulaire adéquat pour décrire ce qu'il ressentait – il ne savait même pas comment interpréter ses propres sentiments ! Amy ne vivait avec lui que depuis quelques jours, mais il savait déjà qu'avec elle, sa vie était plus belle qu'elle ne l'avait jamais été. Et c'était sur cela qu'il se basait, tout simplement. Comment pouvait-il exprimer cette notion plus joliment ? Peut-être qu'elle aurait préféré une bague et tout le tralala. Peut-être qu'il devait se vendre un peu mieux, lui montrer qu'il en valait la peine. Il lui achèterait une bague, il l'emmènerait à dîner, il ferait les choses dans les règles de l'art, si c'était ce qu'elle désirait.

Il l'attira doucement à lui, les yeux dans les siens. Ne comprenait-elle pas qu'il voulait l'épouser pour elle, et que rien d'autre n'avait d'importance ?

Amy se laissa aller contre lui, le cœur battant. Les grandes mains de Sev glissèrent le long de ses cuisses, sous son pull, et se posèrent, larges et chaudes, sur ses seins. Ses pouces caressèrent ses tétons sensibles. Et, en un instant, son corps s'embrasa. Une onde de choc la fit trembler contre lui, électrique, irrésistible. Entre ses cuisses, le besoin qu'elle avait de lui se mit à battre comme un pouls. Elle tenta de se reprendre, de reculer, mais, sous elle, le relief dur de son désir était évident, et elle brûlait d'y répondre. Elle aurait aimé le caresser à travers l'étoffe, répondre à chaque tentation, chaque provocation. Il se pencha sur elle pour prendre ses lèvres dans un baiser haletant ; elle manqua de succomber, les mains prêtes à se crisper dans ses cheveux, sa chair torturée de convoitise. Mais elle recula brusquement. Chaque caresse de Sev la bouleversait, mais elle ne se laisserait pas submerger par cette faiblesse. Elle devait se protéger d'elle-même. Elle

131

devait s'empêcher de donner à Sev toute sa confiance, toute sa vulnérabilité.

Elle avait trop souvent fait la même erreur. Elle avait baissé ses barrières, offert sa fragilité sur un plateau d'argent, et la vie n'avait fait que la punir en retour. Sa mère l'avait abandonnée. Cordy était morte. Harold l'avait jetée dehors. Sev l'avait utilisée. Comment pouvait-elle lui faire confiance ? Tout le monde finissait toujours par protéger ses propres intérêts. Tôt ou tard, Sev comprendrait qu'il ne voulait plus jouer à la famille heureuse avec la femme qu'il avait accidentellement mise enceinte. Il regarderait la réalité en face, et son avenir sans issue. Et alors, comment réagirait-il à ce moment-là ? Que deviendrait-elle, s'il décidait de partir ?

Elle battit en retraite de l'autre côté de la banquette, le menton tremblant, le souffle court. S'arracher au magnétisme de Sev était un supplice. Elle n'essayait plus de se mentir : elle l'aimait, elle ne pouvait rien y changer. Elle l'aimait plus que tout, et vivre à Oaktree Hall n'avait fait qu'approfondir son amour. Mais elle savait qu'ils n'avaient pas d'avenir ensemble, parce que lui… lui ne l'aimait pas.

Il la désirait, oui. Mais le sexe ne faisait pas tout. Il était généreux avec elle, attentionné, comme un homme honorable était généreux et attentionné avec la femme qui portait ses enfants. Rien de tout cela ne suffirait à faire un mariage heureux. La vérité lui brisait le cœur, mais elle valait mieux qu'un mensonge.

Arrivés à Oaktree Hall, elle le suivit dans l'entrée. Elle avait bien travaillé, ces derniers jours. Elle avait trié les bibelots que la tante de Sev avait amassés et envoyé plusieurs pièces en garde-meuble. Elle avait privilégié les lignes épurées et luxueuses des années 1920 ; débarrassés de leurs innombrables décorations, les meubles donnaient à la maison un raffinement ancien et élégant.

L'arbre de Noël, dans le hall, était absolument magnifique. Dans un des immenses greniers, Amy avait trouvé de superbes décorations anciennes en verre soufflé. Elle les avait associées à des guirlandes modernes et des étoiles dorées. Les lumières brillaient et clignotaient dans le halo orangé du feu. Hopper et Harley s'étaient couchés sur le tapis, devant le foyer, dans l'odeur hivernale des braises et des épines. Devant ce tableau si serein, une chaleur heureuse se répandit dans sa poitrine. Les regrets ne servaient à rien. Au moins, tout le monde était en sécurité, ici. Ce qu'elle partageait avec Sev était parfaitement acceptable, du moment qu'elle ne s'attendait pas à ce qu'il reste à ses côtés pour toujours. Elle devait profiter de l'instant présent. Un jour, une femme plus sophistiquée attirerait son attention, et elle devrait déménager et reprendre sa vie là où elle l'avait laissée, sans lui. Et c'était normal. Que partageaient-ils ? Pour Sev, pas plus qu'une nuit de sexe sans protection et beaucoup d'alchimie. Ce n'était pas suffisant pour construire un futur.

Même sa mère n'avait pas voulu d'elle. Lorraine n'avait jamais essayé de la revoir, de renouer leurs liens, même après qu'Amy s'est installée chez Cordy. Et si sa propre mère n'était pas capable de l'aimer, pourquoi Sev serait différent ? Il s'ennuierait vite avec elle. L'idée du mariage devait lui sembler attirante, en ce moment, parce que Noël approchait et que sa famille serait bientôt avec lui. Son père, Hallas Sarantos, était apparemment un homme assez traditionnel, avec son propre noyau familial. Peut-être s'attendrait-il à ce que son fils épouse la femme qui portait ses enfants ; et comme Sev tenait Hallas en haute estime, il voulait lui ressembler.

Elle connaissait bien ce besoin intrinsèque d'approbation. Elle avait passé son enfance à essayer de faire plaisir à sa mère, de gagner son respect et son attention – son amour. Mais rien – ni les bonnes notes, ni l'obéissance, ni les corvées domestiques – n'avait arraché à Lorraine une once de chaleur. Évidemment qu'elle avait changé de tactique à l'adolescence. Elle n'avait aucun point d'attache, aucune structure parentale à laquelle se raccrocher. Son estime d'elle-même en avait horriblement souffert. Non pas que sa rébellion ait été très extrême, mais elle avait tout de même honte d'avoir séché les cours, d'avoir répondu à ses professeurs, d'avoir ignoré les conseils de ceux qui lui avaient donné l'attention dont elle avait besoin. Elle les avait tous ignorés – le signe qu'elle attendait venait de sa mère, et de personne d'autre. Mais sa mère ne le lui avait jamais donné.

C'était à cette époque qu'elle avait commencé à rêver d'une figure paternelle. Un père qui ne savait rien de son existence, mais qui l'aurait chérie dans le cas contraire. Sa mère n'avait pas hésité à briser ce fantasme. Son père n'avait jamais voulu d'elle, même avant sa naissance. La vérité lui avait fait un mal de chien…

Et elle en avait eu la preuve, le soir de sa rencontre avec Oliver.

Sev et elle partageaient le même sentiment d'abandon. Lui aussi avait souffert dans un foyer sans amour. Hallas Sarantos était peut-être un homme bon et chaleureux, mais Sev ne l'avait connu qu'à l'âge adulte. Leur relation était encore en construction. Sev essayait de trouver sa place dans une tribu qui ne l'avait accueilli que sur le tard ; peut-être pensait-il qu'une famille conventionnelle l'aiderait. Et, même si son cœur ne rêvait que de l'épouser, elle ne pouvait accepter sa demande pour autre chose qu'un amour réciproque.

— Tu as vraiment fait des miracles, lança Sev en la suivant dans le salon.

— Tout le monde en aurait été capable. Je n'ai fait que ranger. Tous les meubles étaient déjà magnifiques.

Sev fronça les sourcils, désapprobateur.

— Pourquoi tu t'infliges ça, Amy ? Tu refuses toujours les compliments. Tu passes ton temps à minimiser ton travail.

— Je suis comme ça, c'est tout.

— Tu n'es pas « comme ça ». Tu es trop sévère avec toi-même, rétorqua-t-il, visiblement soucieux. Tu as le droit de te faire plaisir et d'être fière de toi, tu sais ?

Elle se contenta de hausser les épaules, mal à l'aise. Il étouffa un soupir et balaya l'argument d'une main leste.

— Allons manger au restaurant ce soir. Tu pourras mettre une de ces robes que tu ne portes jamais.

Elle leva les yeux vers lui et lui sourit.

— C'est juste qu'elles ne sont pas pratiques quand je travaille avec les animaux ; mais je les aime beaucoup, tu le sais, n'est-ce pas ?

Sev était si sublime qu'il lui arrivait encore de penser qu'elle était en train de rêver. Mais il était là, bel et bien là, à quelques pas d'elle, grand, brun, terriblement séduisant, incroyablement sexy. Et généreux, intelligent, passionnant. Elle chérirait chaque instant passé avec lui, parce qu'elle savait que la vie lui enlèverait bientôt le privilège de vivre à ses côtés.

Comme elle savait écrire le *vrai* nom de Sev, depuis le temps, elle était allée faire un tour en ligne pour satisfaire sa curiosité. Voir Sev au bras d'une flopée de mannequins, toutes plus belles et plus sophistiquées les unes que les autres, n'avait pas apaisé ses angoisses. Elle était plus que jamais persuadée qu'il se détournerait bien vite d'elle.

Après le déjeuner, Amy alla voir les animaux dans la grange. À son grand bonheur, deux chiens et un chat avaient déjà été adoptés depuis son arrivée, mais on avait laissé trois chiots devant le portail, la veille. La nouvelle qu'un refuge avait ouvert à Oaktree Hall avait déjà fait le tour des villages avoisinants. Elle avait prévenu Sev que d'autres animaux continueraient d'apparaître s'il n'annonçait pas officiellement que le refuge n'était pas ouvert à l'expansion.

— Mais il est ouvert à l'expansion, avait argué Sev. C'est ce que tu veux, non ? J'ai même prévenu le vétérinaire d'en informer ses contacts.

— Tu as pensé aux coûts que cela engagerait ?

Sev, occupé, à ce moment-là, à attacher Kipper pour aller le promener, s'était contenté de rire. Il s'était mis en tête d'entraîner Kipper à ne plus mordre, et maintenait que le chien avait déjà fait beaucoup de progrès. Comme Kipper idolâtrait Sev, ses avancées étaient sûrement plus motivées par l'amour que par la discipline, mais...

La sonnerie de son téléphone la ramena brutalement sur Terre. Elle le colla à son oreille.

— Oui ?

— Vous avez un visiteur, annonça chaleureusement Martha. Je l'ai installé dans le salon. Il n'a pas voulu donner son nom, il voulait vous faire une surprise.

Amy fronça les sourcils et prit le chemin du retour, perplexe. Elle n'attendait personne, et ses proches n'étaient pas du genre à venir sans s'annoncer. Gemma était passée la voir un week-end avec son fils. Le luxe des lieux l'avait laissée bouche bée, et le charme de Sev plus encore. Sev avait aussi invité quelques-uns de ses amis à dîner, et la soirée s'était étonnamment bien passée ; elle avait été étonnée de s'entendre si facilement avec eux. Mais, en général, comme Oaktree Hall était assez loin de la ville et qu'elle n'avait pas encore eu le temps de se faire des amis dans les alentours, elle était assez isolée, ici.

Elle jeta un coup d'œil à son reflet dans le miroir du hall pour s'assurer qu'elle était présentable après le tour des chenils, puis rejoignit le salon avec un sourire...

Qui s'évanouit aussitôt. Oliver Lawson l'attendait au milieu du salon. Elle amorça un mouvement de recul, prise de court.

— Qu'est-ce que... Qu'est-ce que vous faites ici ?

Lawson arborait un sourire poli, démenti par l'arc méprisant d'un sourcil haussé. Ses yeux bleus et froids tombèrent sur elle comme un couperet.

— Je suis venu te faire signer un contrat de confidentialité. Je suis prêt à te payer très généreusement.

— Je... ne comprends pas.

Oh ! mais elle savait exactement de quoi il parlait : il voulait la forcer à ne plus jamais parler de leur lien de parenté. Comme si elle avait voulu faire quoi que ce soit de cette information !

— C'est pourtant simple. Je veux une confirmation légale que tu ne divulgueras jamais mon identité.

136

Martha apparut dans l'entrée avec un plateau de café. D'une voix blanche, Amy lui demanda de les laisser seuls.

— Je n'avais pas l'intention de la divulguer, déclara-t-elle quand Martha referma la porte derrière elle.

— Parfait.

— Mais je ne vais pas signer quoi que ce soit. Tu n'as pas le droit de me demander une chose pareille. Je n'ai pas besoin de te garantir mon silence. Si je veux un jour en parler, c'est mon choix.

Le visage de Lawson s'empourpra de colère. Elle se souvint de ce que lui avait raconté Annabel à l'hôpital : Oliver Lawson était un homme colérique, volatil et capricieux. Elle serra les dents.

— J'ai payé ta mère pendant vingt ans ! siffla-t-il. J'ai fait mon devoir envers vous deux !

— Je ne vais pas te remercier d'avoir versé une pension alimentaire à ma mère. C'était la moindre des choses.

Dire que ce goujat était son père… Chaque nouvelle interaction était une déception de plus. Sev avait-il envisagé qu'Oliver puisse chercher à lui nuire, maintenant qu'il l'avait rencontrée et que son secret était menacé ?

— Si ma mère a choisi de se taire, tant mieux pour elle. Comme je te le disais, je ne prévois pas de révéler notre lien de parenté. Mais je veux garder la liberté de le faire si j'en ai besoin ou envie.

— Et *je* veux m'assurer que tu fermeras ton clapet ! tonna Oliver en avançant vers elle. Est-ce que tu sais ce que ta petite visite a provoqué ? Ma vie est ruinée ! Ma femme est furieuse ! Mon mariage court à sa perte, et ma carrière…

Il la dominait de toute sa taille, maintenant, mais Amy refusait de reculer et leva le menton, les épaules raides.

— Je ne crois pas que ce soit ma faute. Je ne suis pas responsable des décisions que tu as prises concernant ma mère et ma naissance. Et je ne signerai rien, Oliver.

Même si regarder Lawson en face lui retournait l'estomac, elle ne baissa pas les yeux. Sous la fureur désespérée qui froissait le visage de son père, elle retrouvait ses propres traits – la finesse du nez, la blondeur de ses cheveux et le bleu de ses yeux. Elle aurait donné beaucoup pour ne pas lui ressembler. La vérité était si absurde. Oliver Lawson n'avait pas une once d'instinct paternel. Il ne ressentait rien pour elle. Il la regardait comme une parfaite inconnue – non, pire, il la regardait avec une distance méprisante, comme si elle n'avait été qu'un obstacle crasseux sur sa route. Elle s'en était doutée dès leur première rencontre, mais le revoir seule à seul était une terrible expérience. Une partie d'elle avait envie de fondre en larmes ; mais le chagrin pouvait attendre. D'abord, elle devait lui tenir tête, préserver sa dignité. Elle avait vécu plus de vingt ans sans père ; elle n'avait pas besoin de lui.

— Et pourquoi pas ? Tu as besoin de mon argent, non ? Peut-être pas immédiatement, mais très vite, cracha-t-il avec un petit rire venimeux. Qu'est-ce que tu crois, que tu vas faire ta vie avec Cantarelli ? Il t'aura mise dehors dans quelques semaines. Il va vite comprendre ton manège. Et qu'est-ce que tu feras quand il se sera lassé de toi ? Tu seras à la rue, comme tu le mérites, comme la petite traînée cupide que tu es !

À l'instant même où Amy trébuchait en arrière, choquée par l'insulte, une main tendre l'écarta précautionneusement du passage ; puis, du même mouvement souple, Sev écrasa son poing dans la figure d'Oliver.

Elle étouffa une exclamation de surprise alors qu'Oliver s'écrasait sur le tapis, projeté sur le sol par l'attaque inattendue. Sev tremblait de rage, haletant, les poings encore serrés. Il avança vers lui en le dominant de toute sa taille.

— Je t'interdis de parler comme ça à Amy, espèce d'ordure, siffla-t-il en attrapant Lawson par le col.

En le voyant amorcer un nouveau coup, Amy reprit ses esprits et attrapa son poing.

— Non ! Sev, s'il te plaît. Ne le frappe pas. Je veux juste qu'il parte.

— Tu m'as cassé le nez ! s'écria Lawson en pressant une main sanglante sur son visage.

— Je pourrais casser tous tes os un à un, alors remercie ta fille d'intercéder en ta faveur, rétorqua Sev d'un ton glacial avant de pousser Lawson vers la porte.

Amy reprit son souffle, le cœur battant la chamade. Les deux hommes disparurent dans le hall. Quelques minutes plus tard, elle entendit le bruit d'un moteur de voiture s'élever, puis s'éloigner. Elle osa enfin exhaler un soupir de soulagement.

Sev réapparut presque aussitôt.

— Tu l'as… Tu l'as frappé, coassa-t-elle.

Il traversa la pièce et la prit dans ses bras. Elle n'arrivait pas à y croire. Elle était secouée, mais elle ne pouvait s'empêcher de lui être reconnaissante. Sev la serra contre lui.

— « Frappé » ? J'aurais voulu lui faire regretter d'être né. Quel salaud ! Venir chez nous pour te menacer ? Et t'insulter ainsi alors qu'il a épousé sa femme pour son compte en banque ? Il devait penser que j'étais à Londres… Imbécile ! J'avais peur qu'il en arrive là… Qu'il t'accuse de sa ruine alors qu'il ne peut s'en prendre qu'à lui-même, qu'à ses mensonges et ses infidélités. Je suis désolé, Amy.

Surprise par sa ferveur, Amy pressa son visage contre sa poitrine avant de s'asseoir sur le sofa, les genoux encore tremblants d'émotion. Elle inspira profondément.

— Tu n'aurais pas dû… La violence n'est jamais une solution.

— Ce n'est peut-être pas une solution, mais c'était très agréable, rétorqua Sev. Il voulait te forcer à lui obéir, Amy. Tu crois qu'il aurait hésité à être violent ? Et tu es enceinte, encore plus vulnérable…

Il se tut, les lèvres pincées. L'émotion avait eu raison de son masque habituellement si calme ; il passa une main fébrile dans ses cheveux sombres.

— J'aurais pu le tuer ! Que voulait-il ?

— Il voulait que je signe un contrat de confidentialité. Comme si j'allais me vanter d'être sa fille…

— Je suis désolé, Amy. De t'avoir embarrassée à cette soirée, mais encore plus de t'avoir mise dans sa ligne de mire sans songer aux conséquences, murmura-t-il en s'accroupissant devant elle.

L'inquiétude assombrissait son visage. Face à l'éclat sincère de son regard de bronze, une vague de chaleur se répandit dans sa poitrine.

— Il ne t'aurait jamais trouvée, jamais attaquée, si je ne t'avais pas invitée à cette soirée. Si je ne l'avais pas attaqué publiquement.

— Mais tu ne pensais qu'à ta revanche, compléta-t-elle.

— Oui. Je n'ai même pas essayé de me mettre à ta place. Je ne pensais qu'à moi et j'étais incapable de la moindre compassion, avoua-t-il d'une voix tendue par la honte. Je voulais juste le blesser comme il avait blessé Annabel...

Il caressa sa joue d'un pouce tendre.

— Amy, tu as l'air ébranlé. Si tu ne te sens pas bien... peut-être que je devrais faire venir le médecin.

— Non, non, je vais bien. Je pensais juste au soir où il a vu Annabel. Elle était toute seule, la nuit. Il est effrayant quand il est en colère. J'ai honte d'être sa fille. La dernière fois que je me suis disputée avec ma mère, elle m'a hurlé que mon père n'avait jamais voulu de moi et qu'il me détestait. Je n'ai pas voulu la croire, mais je sais que c'est la vérité, maintenant. Je pensais qu'elle voulait juste me punir...

Sev hocha la tête sans la quitter des yeux. Son cœur battait toujours trop vite. Il était secoué – il ne parvenait pas à reprendre son calme. Frapper Lawson et le jeter dehors l'avaient défoulé, mais il se sentait toujours fébrile. Amy, face à lui, était pâle comme un linge, les yeux brillants de détresse. Il n'avait pas su la protéger, même dans leur propre maison. Une tornade d'émotions rugissait en lui, et, plus forte que toutes, la culpabilité l'engloutit comme une houle rageuse. Il voulait protéger Amy de toutes les peines et de toutes les souffrances ; mais le calvaire que Lawson lui faisait vivre était entièrement sa faute. Dans sa stupide croisade, au nom de sa sœur, il avait livré Amy à Lawson sur un plateau d'argent.

— Tout est ma faute, Amy… Si j'avais pensé aux conséquences…

— Sev, coupa doucement Amy. Tu n'as pas pensé aux conséquences, d'accord, mais tu n'es pas responsable de ses réactions. Et cette rencontre m'a montré la vérité sur beaucoup de choses. Je ne la regrette pas.

Mais la mâchoire de Sev était toujours crispée.

— Toute cette situation t'a fait du mal. Et je n'aurais jamais choisi de te faire du mal, pas consciemment.

— Je sais que tu ne ferais pas la même erreur aujourd'hui.

— À l'époque, je ne pensais qu'à Annabel. En découvrant qu'il avait déjà abandonné un enfant, j'ai compris qu'il ne reconnaîtrait jamais celui de ma sœur, avoua-t-il, hésitant. Mais j'ai honte, Amy, d'avoir été aussi arrogant… Aussi égoïste.

— Tu sais que je t'ai pardonné, n'est-ce pas ? Tu as changé. Avec moi, en tout cas. Tu t'es laissé entraîner par la colère quand tu as vu la douleur d'Annabel. Et ce n'est pas très étonnant, vu la façon dont tu as été élevé. Personne ne t'a appris à considérer les sentiments et les besoins des autres, parce que personne ne s'occupait des tiens.

Sev lui jeta un regard surpris, apaisé par sa force tranquille. Il n'avait jamais songé à cela – il avait passé des années à se fuir, à fuir son enfance, à refuser les conséquences de son éducation. Mais Amy le comprenait mieux que personne. Comment son père avait-il pu la traiter avec tant de cruauté et d'indifférence ? Il ne méritait pas une fille aussi extraordinaire. L'intensité de son respect pour Amy, pour sa perspicacité, sa compassion, son intelligence le frappa de plein fouet ; si fort, si brutalement que toutes ses angoisses, toutes ses questions se volatilisèrent d'un même souffle, comme par magie. Il se redressa d'un bond et la quitta sans demander son reste.

Il avait fait trop longtemps passer ses besoins et ses pulsions avant ceux des autres. Il avait trop longtemps laissé son enfance nourrir sa méfiance, son cynisme. Il avait passé sa vie à se protéger de la souffrance, et pour cela, il avait muselé ses émotions et sa compassion. C'était ainsi qu'il avait supporté la froideur de sa mère et la perfidie de son beau-père.

Et c'était pour cela qu'il n'avait jamais su lire en lui-même. Il connaissait les fondamentaux, et il s'en était contenté pendant des années. Jusqu'à ce qu'Annabel fasse irruption sur son perron, bouleversée et brisée par le chagrin. Face à sa détresse, Sev s'était laissé submerger par des émotions intenses qu'il n'avait pas connues depuis l'enfance. Malgré toute son arrogance, il avait été démuni, à cet instant.

Mais il savait comment affronter le plus profond des sentiments, maintenant. Amy le lui avait appris.

Sev réapparut à grandes enjambées, son visage hâlé tendu et sévère. Le cœur d'Amy se serra d'appréhension – oh ! elle connaissait cette tension…

— Que se passe-t-il ? s'enquit-elle.

— Seulement du bien, ne t'inquiète pas.

Et un sourire sublime courba sa bouche sensuelle, un éclair de pure lumière sur ses traits divins. Ses yeux de bronze étincelèrent ; d'un mouvement fluide, il s'agenouilla devant elle.

Amy se redressa contre le dossier avec un sursaut.

— Sev ! Que fais-tu ?

Non. Elle refusait d'y croire. Elle refusait d'entretenir l'espoir…

— Est-ce qu'une demande en mariage te semblerait plus acceptable si je te disais que je t'aime et que je veux passer ma vie à tes côtés ? Car c'est pour cela que je veux t'épouser. Pour rien d'autre.

Amy cligna des yeux, le cœur battant, les mains tremblantes. Elle inspira profondément.

— Je… Si c'est la vérité, si tu ne dis pas ça simplement pour me persuader de faire ce que tu veux…

Sev attrapa sa main et, très tendrement, fit glisser un solitaire scintillant à son annulaire.

— C'est la vérité, assura-t-il sans la lâcher du regard.

Il glissa sa main dans la sienne. Elle retint son souffle.

— C'est très… soudain…

De peur d'être déçue, elle s'accrochait aux derniers vestiges de sa méfiance ; mais elle voulait sombrer, elle voulait y croire.

— Hum… Je pense que je suis amoureux de toi depuis très longtemps. Je n'ai pas su reconnaître mes sentiments, c'est tout. Quand tu m'as quitté, le soir du cocktail, je n'ai pas dormi pendant des jours. Pas jusqu'à ce que je te revoie. Je ne supportais pas ton absence.

— Mais tu n'as rien fait ! s'exclama-t-elle. Tu m'as juste envoyé des fleurs et une carte impolie, comme un imbécile !

Sev grimaça. Il se releva lentement et l'attira à lui.

— Je *suis* « un imbécile » la plupart du temps, concéda-t-il avec un sourire aussi adorable qu'arrogant. Mais ne pas te voir me rendait fou. J'ai essayé d'attirer ton attention sans perdre la face. Quand tu m'as annoncé ta grossesse… c'était la meilleure nouvelle de ma vie. Il y avait un lien entre nous, un vrai lien. Mais tu étais si distante… J'avais peur que tu ne me pardonnes jamais mes erreurs.

— J'étais nerveuse. Je craignais que tu le prennes mal. Mais tu n'as pas réagi du *tout*, et c'était tout aussi angoissant.

— Moi aussi, j'étais nerveux. J'avais peur de dire quelque chose qui envenimerait la situation. Et je savais comment Lawson avait réagi en apprenant qu'Annabel était enceinte – je ne voulais pas véhiculer quoi que ce soit qui aurait pu te mettre mal à l'aise ou te bouleverser. Tout était encore trop instable entre nous pour que j'ose dire quoi que ce soit que tu aurais pu interpréter comme une attaque.

Amy soupira, mais serra doucement sa main.

— C'était une situation difficile.

— Mais j'ai voulu ce bébé dès la première seconde, Amy. Et je sais…

La voix de Sev se mua en murmure.

— Je sais que nous ferons bien mieux que nos parents.

— Oui, dit-elle avec un sourire. Parce que tu m'aimes

et parce que… je t'ai toujours aimé. Dès le début. Voilà pourquoi j'étais si en colère, si blessée quand j'ai découvert que tu m'avais manipulée. Je me sentais si stupide d'avoir pu croire qu'un homme comme toi…

— Non. Ne te dénigre pas. Un homme comme moi est tombé amoureux de toi en un rien de temps. Dès que tu es partie, ma vie m'a semblé si vide. Pendant dix jours, je n'étais plus moi-même.

— Moi non plus.

— Je ne pensais à rien d'autre qu'à toi, confia Sev avec un frisson d'horreur. Je n'avais jamais vécu une chose pareille. J'ai toujours été désinvolte dans mes relations. J'étais honnête avec mes amantes, je ne les trompais pas, j'étais respectueux, mais il n'y avait rien d'autre entre nous que du sexe. Je me lassais vite. Je pensais simplement que j'étais comme ça – distant, cartésien. Je n'avais pas envie de me laisser aller aux émotions, donc cela me convenait très bien. Et ensuite… je t'ai rencontrée.

— Sev…

— Tu sais, je ne pensais pas que j'étais destiné à être père.

— Mais tu vas avoir deux enfants pour le prix d'un ! Et tu pensais que c'était une bonne raison pour se marier…

— Je veux t'épouser parce que je t'aime, Amy. Je ne peux plus imaginer ma vie sans toi. Tu me donnes tant de choses – je ne sais plus vivre sans ta chaleur, et ton optimisme, et…

Amy se dressa sur la pointe des pieds et l'attira à elle pour l'embrasser fiévreusement. Immédiatement, il la fit tomber sur le sofa pour lui rendre son baiser avec une ferveur qui l'emplit d'une exquise chaleur.

— Une dernière confession, souffla Sev d'une voix rauque. J'ai un peu embelli la vérité quand je t'ai dit que ma famille venait ici pour Noël. À la base, je devais les accueillir à Londres, mais je voulais une bonne raison de t'inviter ici.

— « Embelli la vérité » ? fit Amy. Tu as menti, oui.

— Un tout petit mensonge ! Il fallait que je te persuade…

— Tu voulais me faire croire que je ne profitais pas de la

situation en me demandant un service, compléta Amy en lui souriant, ses grands yeux violets adoucis par la tendresse. Je suis stupide ! Évidemment que tu voulais utiliser la maison à Londres, et pas une bâtisse vide depuis des mois. Et je me suis jetée sur ton excuse parce que je voulais avoir une bonne raison de rester.

— Mais je n'aurais pas dû te mentir.

— Je pense que je peux te pardonner celui-là, dit Amy en riant.

Elle tira sur sa cravate et l'embrassa une nouvelle fois. Sa main glissa le long de son torse dur. Il frissonna sous ses doigts pendant qu'elle savourait le goût de ses lèvres.

— Je te pardonne tout parce que je t'aime, souffla-t-elle.

— Peut-être que nous devrions monter dans la chambre…

Ses yeux étincelaient d'une faim dévorante, et, muette d'anticipation, elle hocha la tête et le tira par la main. Son corps était enflammé de ce désir sulfureux que seul Sev allumait en elle – une avidité qui courait dans ses veines et la pénétrait jusqu'à l'âme. Elle ne se souviendrait pas du trajet jusqu'à l'étage, mais seulement de l'excitation haletante, de leur chute rieuse sur le grand lit, de sa propre perdition, dans les bras de l'homme qu'elle avait choisi d'aimer et qui l'aimait en retour. Ni l'un ni l'autre n'avaient jamais connu tant d'amour. Leur union était fondée sur une connexion dont ils n'avaient osé rêver, et, maintenant que la vérité les avait délivrés, ils pouvaient s'en remettre entièrement à leur fusion, à leur extase.

Plus tard, la joue pressée sur sa poitrine, Amy leva les yeux vers Sev et lui lança un petit sourire amusé.

— Tu vas devoir apprendre à aimer Noël, prévint-elle.

Il répondit à la provocation avec l'un de ses merveilleux sourires.

— C'est déjà le cas, maintenant que j'associe cette période avec notre rencontre. Et l'année prochaine, nous passerons les fêtes avec nos bébés. Comment veux-tu que je reste cynique dans ces circonstances ?

Amy rit.

— Mon Dieu ! Qu'est-il arrivé au Grinch en costard ?

— Il est tombé amoureux d'une serveuse, a retrouvé le goût de vivre, et découvert le secret du bonheur. *Dio…* Je t'aime tellement, souffla-t-il avant de la faire basculer sous lui.

— Pas plus que je t'aime, murmura Amy en enlaçant sa nuque, le cœur rempli du plus pur des bonheurs.

Épilogue

Amy mettait la touche finale à sa tenue – elle passa à son cou la sublime rivière de diamants qu'elle avait un jour refusé de garder. Une fine montre d'or à son poignet, et elle sourit à son reflet, nimbé de bleu dans la lumière déclinante de l'hiver. Sa robe saphir était parfaitement bien coupée pour dissimuler la courbe de son ventre. Marco et Vito avaient trois ans, une paire de petits garçons turbulents qui la faisaient courir dans toute la maison ; mais maintenant qu'ils étaient à la maternelle, Amy était impatiente d'agrandir leur petite famille. Elle attendait une fille, et elle avait hâte de la voir tenir tête à ses grands frères.

Devenir mère avait encouragé l'assurance d'Amy presque aussi sûrement que l'amour et le soutien de Sev. Après leur premier Noël, au printemps, ils s'étaient mariés en Grèce, entourés par le clan Sarantos. Émerveillée par l'accueil chaleureux de la famille de Sev, Amy avait vite trouvé sa place parmi eux. Leur mariage s'était déroulé dans l'intimité et l'allégresse. Le père de Sev, Hallas, et sa femme, Pandora, étaient venus à Londres pour la naissance des jumeaux. Et comme le demi-frère de Sev, Tor, vivait aussi à Londres avec sa famille, les deux avaient renoué leurs liens, et Amy se sentait plus entourée qu'elle ne l'avait jamais été. C'était un rêve devenu réalité. Elle était très proche de la femme de Tor, Pixie, et leurs enfants s'entendaient à merveille.

Sev n'avait pas repris contact avec sa mère et son beau-père. Amy n'avait rencontré Francesca Aiken qu'une fois, à une soirée de charité, pendant laquelle la duchesse les avait fixés avec un dédain palpable. Elle ne comprenait toujours pas comment cette femme pouvait ignorer son propre fils alors qu'elle aurait dû être si fière de lui. Heureusement, Sev ne semblait pas en souffrir – il avait trouvé un soutien réel et éternel chez les Sarantos, et il avait balayé l'attitude de sa mère sans ciller, habitué qu'il était à son indifférence. Amy admirait tout de même sa résilience, et celle de sa belle-sœur, qui, malgré son éducation, était d'une générosité sans limites.

Annabel était devenue la meilleure amie d'Amy. Elles avaient beaucoup partagé pendant leur première grossesse, même si Amy avait mis des semaines à avouer qu'elle était la fille d'Oliver Lawson. Annabel avait été choquée, mais compatissante, et heureuse que leurs enfants soient plus proches encore que des cousins. Elle avait eu une petite fille, Sophia, et fréquentait en ce moment un archéologue. Elle parlait de nouveau à ses parents, mais leur relation restait froide. Ni Amy ni Annabel n'avaient revu Oliver – Annabel ne le contactait qu'à travers leurs avocats respectifs. Les Lawson avaient divorcé, et Oliver n'était plus à la tête de l'entreprise familiale. Maintenant qu'elle connaissait l'identité de son père, Amy ne pensait jamais à lui ; elle était trop heureuse dans le cocon Cantarelli.

Elle descendit au rez-de-chaussée d'Oaktree Hall, magnifiquement décoré pour les fêtes. Depuis leur mariage, ils avaient effectué beaucoup de changements dans la grande maison. Les pièces avaient été réarrangées ; l'ancien se mêlait chaleureusement au moderne. Ces jours-ci, les décorations de Noël et le crépitement confortable du feu ajoutaient encore au charme de la bâtisse.

En la voyant arriver, Kipper bondit sur ses pattes et se lança vers elle, Harley sur ses talons. Hopper, très vieux maintenant, se redressa avec précaution et attendit qu'Amy vienne à lui, la queue frétillante.

Le Refuge d'Oaktree avait officiellement ouvert ses portes deux ans plus tôt et s'était rapidement développé

148

sous la direction experte de Sev. Ils accueillaient aussi des chevaux, désormais. Les écuries n'étaient plus vides, et Sev avait repris l'équitation. Le refuge était le passe-temps de Sev – mais c'était Amy qui s'occupait quotidiennement de l'opération, gérait les ressources et les chenils, et organisait les transferts et les collectes de fonds. Ils adoraient tous les deux leurs occupations, mais prenaient soin de passer du temps l'un avec l'autre.

Sev entra par la porte arrière, ses cheveux sombres ébouriffés par le vent, la mâchoire ombrée d'une barbe naissante, sa tenue d'équitation maculée de boue ; et pourtant, il lui coupait le souffle comme au premier jour.

— Tu es… sublime, souffla Sev de sa voix profonde.

Dans le halo orangé du feu, et sous les éclats vacillants du grand sapin de Noël, couvert de décorations délicates, elle était aussi délicate qu'un rêve.

— Je suis content que nos invités n'arrivent que dans une heure…

— Oh ! non. Annabel arrive en avance, dit Amy en riant.

— Le vol de mon père est en retard, par contre.

L'arrivée fracassante de deux petits garçons identiques l'interrompit. Les jumeaux étaient blonds aux yeux sombres, avec les hautes pommettes de Sev. Ils portaient des bottes d'équitation et se chamaillaient à grands cris pour savoir qui avait atteint la porte en premier. Leur nourrice, Ellie, qui vivait avec la famille depuis leur naissance, accourut à leur suite.

— Allez, au bain avant dîner ! Les garçons ! s'écriait Sev sous les rires d'Amy.

Marco et Vito étaient passés à un autre débat.

— Parfois le Papa Noël passe plus tôt !

— La veille de Noël !

— Pour donner des cadeaux !

— Il ne passera pas plus tôt ici, assura sévèrement Sev.

— Non ? supplia Marco.

— Non. Si vous avez des cadeaux, vous les ouvrirez demain, renchérit Amy.

— Si nous avons des cadeaux ? pépia Vito, horrifié.

Sous les plaintes, Ellie les rassembla pour les emmener au bain. Leur cavalcade résonna bientôt à l'étage. Sev attira Amy dans ses bras.

— Encore un très beau Noël qui s'annonce, *cara mia*.

Amy savoura son odeur fraîche, piquante comme les pins de la forêt toute proche, et leva les yeux vers lui. Son cœur s'accéléra, comme à chaque fois qu'elle était près de lui ; il l'embrassa et elle fondit dans ce baiser comme neige au soleil, le corps vibrant de leur passion partagée.

— J'ai besoin d'une douche…, murmura-t-il.

— Je suis déjà habillée, gémit-elle.

— Et je suis fou amoureux de toi, murmura-t-il.

Amy se pressa contre lui, brûlante d'anticipation.

— Je t'aime aussi. Vingt minutes ?

— Pas assez long, rétorqua-t-il en l'attirant dans l'escalier avec un autre de ses baisers dévastateurs. J'ai besoin de temps pour te savourer.

Amy rit et, sans pitié, lui rappela quelques moments volés dont la longévité n'avait pas été le plus grand atout ; ils disparurent dans la chambre alors que Sev défendait son ego offusqué, mais il riait aussi, enchanté par le sourire qu'il avait adoré dès la première minute, dans un petit café de Londres, quand il ne savait pas encore qu'Amy était la femme de sa vie.

Vous avez aimé *Des jumeaux pour un milliardaire* ?
Retrouvez en numérique l'intégrale de votre série
« Les mariées de Noël » de Lynne Graham :

1. *Le secret d'un inconnu*
2. *Des jumeaux pour un milliardaire*

Ne manquez pas dès le mois prochain dans votre collection

AZUR

le premier tome de la nouvelle série :

Objectif passion

Ivy, Zoey et Millie savent ce qu'elles veulent : l'amour. Mais elles ignorent encore que seul un séduisant milliardaire pourra le leur apporter !

Un roman inédit chaque mois de janvier à mars 2022

Ne manquez pas dès le mois prochain dans votre collection

AZUR

le premier tome de la nouvelle série :

FRÈRES REBELLES

Leur réputation scandaleuse les précède.
Deux frères rebelles en proie à la tentation…

Un roman inédit chaque mois de janvier à février 2022

www.harlequin.fr

Retrouvez prochainement, dans votre collection

AZUR

Ce secret dévoilé, de Caitlin Crews - N°4422

Lorsqu'elle se rend au sommet de la Skalas Tower, Kendra n'a qu'un but : convaincre Balthazar, le maître des lieux, d'abandonner toute poursuite judiciaire contre sa famille. Or l'homme d'affaires grec à la réputation impitoyable n'a que faire de ses arguments. Aussi Kendra se résout-elle à utiliser la seule arme dont elle dispose face à Balthazar – la séduction. Seulement, après s'être liée à son ennemi durant une nuit époustouflante, elle se découvre enceinte...

Liaison avec un Italien, de Carol Marinelli - N°4423

Gian de Luca, duc italien et magnat des affaires, sait que la ravissante Ariana Romano lui est interdite. Non seulement elle est la fille de son mentor mais sa réputation d'héritière gâtée et sulfureuse n'est plus à faire. Toutefois, une nuit, Gian perd la raison et attire Ariana jusqu'à son lit. Dans l'intimité, sa douce maîtresse se révèle bien différente de celle qu'il croyait connaître. Et Gian ne songe déjà plus qu'à prolonger leur liaison au parfum de scandale...

Sous la protection du cheikh, d'Annie West - N°4424

Pressée de fuir un mariage forcé, Tara passe la frontière de son pays pour entrer clandestinement au royaume de Nahrat. Hélas, elle atterrit malgré elle dans la salle du trône du cheikh Raif. Ce roi du désert, autoritaire et fier, sait qu'elle appartient à un peuple rival et pourtant, à la grande surprise de Tara, il lui offre sa protection. Mais, quand bientôt la rumeur enfle au sujet de leur proximité nouvelle, Raif doit étouffer le scandale qui menace d'exploser. Et c'est ainsi qu'il proclame Tara comme sa future épouse !

L'amant de Singapour, de Dani Collins - N°4425

Tsai Jun Li. À peine Ivy pose-t-elle les yeux sur le milliardaire qu'elle est saisie par un brusque accès de fièvre. Cet homme est un fantasme, la perfection incarnée ! Aussi, quand il lui propose de passer la nuit avec lui, elle cède à la tentation. Quatre mois plus tard, c'est à Singapour qu'elle tente de le retrouver. Car, si leur étreinte devait rester sans lendemain, le destin en a décidé autrement : Ivy attend un enfant de son inoubliable amant...

Confidences scandaleuses, d'Andie Brock - N°4426
Emma a passé une nuit époustouflante dans les bras de Leonardo Ravenino, le milliardaire qu'elle aurait dû se contenter d'interviewer pour son journal. Aussi, quand il la rejette au lendemain de leur étreinte, c'est le cœur brisé qu'elle couche sur le papier sa frustration et tout le mal qu'elle pense de celui qui l'a séduite. Hélas, alors que ces confidences devaient rester intimes, voilà qu'elles sont publiées par accident ! Dès lors, Emma n'a d'autre choix que d'affronter la colère de Leonardo, au moment même où elle se découvre enceinte de lui...

Le guerrier des sables, de Jackie Ashenden - N°4427
Alors qu'elle pénètre dans une forteresse en plein désert, Ivy prend peur. Ce voyage qui l'a menée des rives pluvieuses de l'Angleterre au climat torride d'Inaris s'est révélé épuisant. Et l'accueil hostile que lui réserve le cheikh Nazir al-Rasul ne fait rien pour calmer les battements précipités de son cœur. Nazir est un chef de guerre farouche, redoutable et redouté, et Ivy est probablement folle d'être venue à sa rencontre pour lui annoncer une nouvelle incroyable. Alors que tous deux ne se sont jamais rencontrés auparavant, Ivy attend l'enfant de Nazir. Son héritier...

L'épouse d'un patron, de Katrina Cudmore - N°4428
Magnat dans l'hôtellerie de luxe, Loukas Christou multiplie les contrats lucratifs partout dans le monde. Mais aujourd'hui l'un de ses partenaires en affaires refuse de traiter avec lui sous prétexte qu'il est encore célibataire – et donc forcément instable ! Furieux qu'on puisse douter de lui, Loukas se résout toutefois à chercher une épouse de circonstance. Et c'est Georgie, sa belle assistante, qui est chargée de lui dénicher la femme idéale. Seulement voilà, alors qu'il côtoie chaque jour Georgie dans le cadre paradisiaque de l'île de Talos, Loukas prend conscience qu'elle éclipse toutes les candidates au mariage...

La proposition d'une innocente, de Melanie Milburne - N°4429
SÉRIE : *OBJECTIF PASSION* - 1/3

Dans un mois, Ivy fêtera son trentième anniversaire. Or pas question pour elle d'atteindre l'âge fatidique sans avoir connu d'abord les plaisirs de l'amour. Parce qu'elle est toujours célibataire, elle ne voit qu'une solution : proposer à son ami Louis Charpentier de lui ravir son innocence. Bien qu'il soit un play-boy et un séducteur invétéré, cet homme a toute sa confiance. Et puis, dans la mesure où il est aussi expérimenté que rétif à toute forme d'engagement, il sera le partenaire parfait. L'amant idéal, pour une nuit seulement...

Conquise par Ashton Castle, de Natalie Anderson - N°4430

SÉRIE : *FRÈRES REBELLES* - 1/2

Un verre de champagne, un bain moussant... Merle profite du confort de la somptueuse villa qu'on l'a autorisée à occuper durant son séjour sur l'île de Waiheke, où elle fait des recherches sur la famille Castle. Jusqu'à l'arrivée inopinée d'Ashton, le maître des lieux, dans la salle de bains où elle se prélasse ! Mortifiée par cette rencontre avec le ténébreux milliardaire qui la couve d'un regard chargé de désir, Merle l'est davantage encore quand il lui révèle qu'ils passeront la semaine en tête à tête...

L'étranger de l'orage, de Marion Lennox - N°4431

Seule dans la ferme délabrée qu'elle vient d'hériter, Charlotte tente d'ignorer le fracas de l'orage, dehors. Et c'est avec un certain soulagement qu'elle voit débarquer chez elle un homme qu'elle n'a jamais rencontré, mais auquel elle offre l'hospitalité. Au cours de cette nuit de tempête, inquiétante et magnifique, tous deux en viennent à tomber dans les bras l'un de l'autre. Charlotte, déjà, sent son cœur battre pour son compagnon d'infortune ! Hélas, elle ne tarde pas à découvrir qu'ils ne font pas partie du même monde, car Bryn Thomas Morgan se révèle être un lord anglais...

Une brûlante étreinte, de Jennifer Hayward - N°4432

Diana enrage. Que lui a-t-il pris d'accepter de se rendre au mariage de son amie Annabelle ? Elle savait pourtant que Coburn, son futur ex-mari, s'y trouverait aussi, et que la simple vue de cet homme qui lui a brisé le cœur lui serait insupportable. D'autant que Coburn semble s'amuser de la situation, joue avec elle comme un lion avec sa proie, la provoque... et finit par l'attirer dans son lit. Diana comprend alors que c'est peut-être ce qu'elle est venue chercher ici, ce soir : la terrible confirmation de l'emprise absolue qu'il exerce, aujourd'hui encore, sur ses sens...

PASSIONS

Rêve. Trahison. Tentation.

Un homme et une femme.
Deux héros que tout oppose.
Ils n'ont rien en commun...
Ils ne croient plus en l'amour...
Ils sont amants... Ils sont rivaux...
Ils n'étaient pas censés s'aimer.
Et pourtant...
Ils vont renouer avec la passion.

6 livres à découvrir tous les mois.

DIVERTIR • INSPIRER • ÉMOUVOIR

RESTEZ CONNECTÉ AVEC HARLEQUIN

Harlequin vous offre un large choix de littérature sentimentale !

Sélectionnez votre style parmi toutes les idées de lecture proposées !

 www.harlequin.fr   **L'application Harlequin**

- **Découvrez** toutes nos actualités, exclusivités, promotions, parutions à venir...

- **Partagez** vos avis sur vos dernières lectures...

- **Lisez** gratuitement en ligne

- **Retrouvez** vos abonnements, vos romans dédicacés, vos livres et vos ebooks en précommande...

- Des **ebooks gratuits** inclus dans l'application

- **50 nouveautés tous les mois** et + de 7 000 ebooks en téléchargement

- Des **petits prix** toute l'année

- Une **facilité de lecture** en un clic hors connexion

- Et plein d'autres avantages...

Téléchargez notre application gratuitement

SUIVEZ-NOUS ! 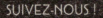 facebook.com/HarlequinFrance
twitter.com/harlequinfrance

VOTRE COLLECTION PRÉFÉRÉE
DIRECTEMENT CHEZ VOUS

Vous souhaitez découvrir nos collections ? Une fois votre colis de bienvenue reçu,
si vous souhaitez continuer à recevoir nos livres, cela se fera automatiquement.
Vous n'avez aucune obligation d'achat et cette offre est sans engagement de durée !

Dans votre 1ᵉʳ colis, 2 livres au prix d'un + 1 cadeau*

*Pour la collection Intrigues : 1ᵉʳ colis à 17,25€ avec 2 livres + 1 cadeau

☛ **COCHEZ** la collection choisie et renvoyez cette page au
Service Lectrices Harlequin – CS 20008 – 59718 Lille Cedex 9 – France

Collections	Prix 1ᵉʳ colis	Réf.	Prix abonnement (frais de port compris)
❏ AZUR	4,50€	AZ1406	6 livres par mois 29,99€
❏ BLANCHE	7,30€	BL1603	3 livres par mois 24,45€
❏ HISTORIQUES	7,20€	LH1202	2 livres par mois 17,09€
❏ PASSIONS	7,70€	PS0903	3 livres par mois 25,89€
❏ BLACK ROSE	7,70€	BR0013	3 livres par mois 26,19€
❏ HARMONY*	5,99€	HA0513	3 livres par mois 20,16€
❏ NORA ROBERTS*	8,90€	NR2403	3 livres tous les 2 mois, prix variable**
❏ SAGAS*	7,99€	SA2303	3 livres tous les 2 mois 28,86€
❏ VICTORIA	7,90€	VI2113	3 livres tous les 2 mois 26,19€
❏ GENTLEMEN*	7,50€	GT2022	2 livres tous les 2 mois 17,35€
❏ ALIÉNOR	7,70€	AL2132	2 livres tous les 2 mois 17,75€
❏ HORS-SÉRIE*	7,70€	HS2812	2 livres tous les 2 mois 18,25€
❏ INTRIGUES*	17,25€	IN2012	2 livres tous les 2 mois 17,25€

*livres réédités / **entre 27,59€ et 30,19€ suivant le prix des livres   F22PDFM

N° d'abonnée Harlequin (si vous en avez un) ⊔⊔⊔⊔⊔⊔⊔⊔⊔⊔⊔⊔

Mᵐᵉ ❏ Mˡˡᵉ ❏   Nom : _____

Prénom : _____   Adresse : _____

Code Postal : ⊔⊔⊔⊔⊔ Ville : _____

Pays : _____   Tél. : ⊔⊔⊔⊔⊔⊔⊔⊔⊔⊔

E-mail : _____

Date de naissance : _____

Date limite : 31 décembre 2022. Vous recevrez votre colis environ 20 jours après réception de ce bon.
Offre soumise à acceptation et réservée aux personnes majeures, résidant en France métropolitaine, dans
la limite des stocks disponibles. Prix susceptibles de modification en cours d'année. Vous pouvez demander
à accéder à vos données personnelles, à les rectifier ou à les effacer. Il vous suffit de nous écrire en nous
indiquant vos nom, prénom et adresse à : Service Lectrices Harlequin CS 20008 59718 LILLE Cedex 9.
Service Lectrices disponible du lundi au vendredi de 9h à 17h : 01 45 82 47 47.

Harlequin® est une marque déposée au groupe HarperCollins France – 83/85, Bd Vincent Auriol – 75646 Paris cedex 13. SA au capital de 1 149 680€ – R.C. Paris. Siret 31867159100069/APE5811Z